ক্ষুদিরাম

শান্তনু কুমার ধর

Made with ❤ on the Notion Press Platform
www.notionpress.com

বিপ্লবী ক্ষুদিরাম বসুকে

বিষয়বস্তু

1

ক্ষুদিরামকে পুলিশের দু'জন কনষ্টেবল হাতে ধরে তাদের উধ্বতন কর্মকর্তা (ডিএসপি) ও ম্যাজিস্ট্র্যাটের কাছে নিয়ে আসে। তারা ক্ষুদিরামকে দেখে অগ্নিমুর্তি হয়ে তার সামনে এগিয়ে এলে ক্ষুদিরাম তাদেরকে দেখে ভয় না পেয়ে উলটো হাসতে থাকে।

পুলিশের ডিএসপি: বল তোর কি নাম?

ক্ষুদিরাম কিছু না বলে আবারও হাসতে থাকে। পুলিশ কর্মকর্তা রেগে গিয়ে তার কনষ্টেবলদের ঈশারা করে যেন ক্ষুদিরামকে বেঁধে ফেলা হয়। তারা ক্ষুদিরামের দু'হাত উপুর করে ঝুলিয়ে বেঁধে ফেলে।

তারপর পুলিশ কর্মকর্তার ঈশারায় কনষ্টেবলরা ক্ষুদিরামকে লাঠি দিয়ে বেদম প্রহার করতে থাকে। ক্লান্ত পরিশ্রান্ত বিনিদ্র ক্ষুদিরামের চোখে ধীরে ধীরে সব কিছু ঝাপসা হয়ে উঠে। শুধু অস্পষ্ট কিছু মুখ চোখে ভাসছে।

পুলিশের হুঙ্কার, তর্জন-গর্জনও তার কানে ঠিক মতো পৌছছে না।

***

ব্রিটিশদের কর্মকান্ড সবার কাছে তুলে ধরার জন্য পশ্চিম বঙ্গের মেদিনীপুরে (১৯০৬ সাল) এক বিশেষ প্রদর্শনীর ব্যবস্থা করা হয়েছে।প্রদর্শনীকেন্দ্রের মূল ফটকের সামনের রাস্তায় প্রচুর লোকের সমাগম হচ্ছে, প্রচন্ড ভীড়।

কেউ প্রদর্শনীকেন্দ্রের ভিতরে ঢুকছে তো কেউ বের হচ্ছে, কেউ কেউ সেখানে দাঁড়িয়েই অন্যের সাথে আলাপ চারিতায় মগ্ন।পুরো জায়গাটা জুড়েই বেশ কোলাহল আর হট্টগোলের সৃষ্টি হয়েছে।

এক ষোড়শ বয়সী কিশোর হঠাৎ এক বান্ডল লিফলেট নিয়ে সেখানে হাজির হয়, সে এক এক করে সবার হাতে লিফলেট গুলি বিলি করতে থাকে।বালকটি আর কেউ নয় - ক্ষুদিরাম।

ক্ষুদিরাম: নিন নিন...সবাই নিন, এ কাগজটি পড়েন, তাহলেই এ ব্রিটিশদের অন্যায়, অবিচারের কথা জানতে পারবেন।

লোকজন তাদের হাতে পাওয়া লিফলেটের উপর নজড় বুলাতে থাকে। সবার উপরে লিফলেটে বড় হরফে “সোনার বাংলা” লেখাটি থাকে আর তার নিচে “বন্দে মাতরম্”।

তাছাড়া ব্রিটিশরা কেন এ প্রদর্শনীর আয়োজন করেছে, তাদের আসল উদ্দেশ্য কি, তাদের শোষণ ও নিপীড়নের নানা দৃষ্টান্তমুলক তথ্যও তুলে ধরা হয়েছে। ক্ষুদিরাম: (জোড়ে জোড়ে আওয়াজ করে) আমরা স্বতন্ত্রতা চাই... আমরা আমাদের স্বরাজ চাই... তোমাদের বাড়াবাড়ি আমরা আর কিছুতেই মানবো না... আমাদের সোনার বাংলা আবার ফিরিয়ে দাও। বলুন বন্দে মাতরম... বন্দে মাতরম...

সেখানে ইংরেজদের অনেক অনুগামী ও অনুসারী ছিল যাদের নজড় এড়ায়নি এ ব্যাপারটা। ক্ষুদিরামের মুখে “বন্দে মাতরম” শব্দটা শুনে অনেক রেগে যায় তারা। ক্ষুদিরাম তার কাজ চালিয়ে যেতে থাকে। তারা
তাকে থামানোর চেষ্টা করে, ধমক দিতে থাকে। সে তাদের গুরুত্ব না দিয়ে লিফলেট বিতরণ করতেই থাকে। যখন কয়েকজন তাকে ধরার চেষ্টা করে সে কৌশলে সড়ে যায়। প্রচন্ড ভিড়ের কারণে ওরা খুব একটা সুবিধা করতে পারে না।

জনৈক ইংরেজ কর্মকর্তা (একজন পুলিশকে উদ্দেশ্য করে) Catch him... catch him...Don’t let him to go.

অনেক চেষ্টার পর পুলিশ সদস্য তার হাত ধরতে সমর্থ হয়। পুলিশ তার এক হাত ধরা অবস্থায় অন্য হাত থেকে লিফলেট গুলি ছিনিয়ে নেওয়ার চেষ্টা করতে গেলে, ধস্তা ধস্তির এক পর্যায়ে ক্ষুদিরাম পুরো লিফলেটের বান্ডেলটিকে উপরের দিকে ছুড়ে মারে।

লিফলেটের বান্ডেল থেকে লিফলেট গুলি আস্তে আস্তে SLOW MOTION - এ চারদিকে ছড়িয়ে পড়তে থাকে আর উড়তে থাকে, লিফলেট গুলি এক এক করে উপর থেকে নিচে পড়তে থাকে। চারিদিকে প্রচন্ড হৈ চৈ শব্দ শোনা যায়।

লোকজন আগ্রহের সাথে কাড়াকাড়ি করে সেইগুলি কুড়িয়ে নিতে থাকে। কেউ কেউ প্রথমে কোন কিছু না বুঝেই লিফলেট গুলি কুড়িয়ে নেয়।

এসব দেখে পুলিশ সদস্য অনেকটা হতভম্ব হয়ে যায়। সেই সুযোগে ক্ষুদিরাম পুলিশ সদস্যের নাকে ঘুষি মেরে এক ঝাঁকুনি দিয়ে তার অন্য হাতটা ছাড়িয়ে নেয়।

ক্ষুদিরাম: (হাসতে হাসতে পুলিশের উদ্দেশ্যে) ওহু... সাবধান, আমাকে স্পর্শ করার সাহস কোথায় পেলে? আমিও দেখবো ওয়ারেন্ট ছাড়া কিভাবে আমাকে গ্রেফতার করো।

এরপর পরই সে পালিয়ে যায়, পুলিশ কোন রকমে নিজেকে সামলে নিয়ে সামনে এগোতে গিয়ে দেখে ছেলেটা চারিদিকে কোথাও নেই। ভীড়ের মধ্য দিয়ে সড়ে পড়েছে।

সে যা ক্ষতি করার তা করেই ফেলেছে। লোক জনের হাতে হাতে পৌছে গেছে লিফলেট। তাদের কন্ঠেও "বন্দে মাতরম" স্লোগানের ধ্বনি মুখরিত হতে থাকে।

ইংরেজ অনুসারীরা আরো অনেক ক্ষীপ্ত ও বিরক্ত হয়ে উঠে। কিন্তু তারা অনেক চেষ্টা করেও কাউকে থামাতে পারেনা। একটা লিফলেট বাতাসে উড়তে উড়তে চশমা পড়া এক ভদ্রলোকের সামনে এসে পড়ে। ক্যামেরা তা অনুসরণ করে।

লোকটা লিফলেটটা নিয়ে পড়া শুরু করে। কিছুক্ষণ চোখ বুলানোর পর লোকটাও সবার সাথে একই স্লোগান উচ্চারণ করতে থাকে।

***

তরুণ বিপ্লবীদের দল যুগান্তরের একটি ছোট্ট ক্লাব ঘর। কয়েকজন তরুণ বিপ্লবী একটা টেবিলে বসে তাস খেলছে আর নিজেদের মধ্যে আড্ডা দিচ্ছে। তাদের নেতা সত্যেন্দ্রনাথ বসু আর বারিন্দ্র ঘোষও সেখানে রয়েছে। বারিন্দ্র অনবরত একটা সিগারেট ফুঁকছে।

দলের কনিষ্ঠ সদস্য অথীন তার পাশে বসে উঁকি মেরে মেরে কার হাতে কোন তাস রয়েছে তা দেখার চেষ্টা করে। তাই বারিন্দ্র মাঝে মাঝে খানিকটা মজা করে অথীনের মুখের দিকে ধোঁয়া ছুড়ে মারতে থাকে।

অথীন কিছুটা বিরক্ত আর অস্বস্তি বোধ করে, সে হাত দিয়ে নাকের কাছ থেকে ধোঁয়া সড়ানোর চেষ্টা করে। তা দেখে অন্যরা হাসাহাসি শুরু করে।

অথীন(সামান্য রেগে গিয়ে): ও... বারিন দা... তোমার জ্বালায় আমি একটু শান্তিতেও বসতে পারি না।

এমন সময় কেউ একজন বাইরে থেকে দরজাটা খোলার জন্য জোড়ে জোড়ে ঝাঁকুনি দিয়ে নাড়াতে থাকে। তারা কিছুটা ভয় পেয়ে একেবারে নিশ্চুপ হয়ে যায়।

বারিন্দ্র আর সত্যেন্দ্রনাথ পিস্তল হাতে নিয়ে নিজ নিজ অবস্থানে দাঁড়িয়ে প্রস্তুত থাকে। অন্যদেরও ইশারা করে প্রস্তুত থাকার জন্য। দরজাটা তখনো বাইরে থেকে জোড়ে জোড়ে কেউ অনবরতঃ নেড়ে যাচ্ছে, যেন আরেকটু হলেই দরজার খিলিটা খুলে যেতে পারে। ওরা সব রকম প্রস্তুতিই নিয়ে রেখেছে।

সত্যেন্দ্রনাথ: (অথীনের উদ্দেশ্যে) দরজাটা এবার খোল...

অথীন দরজা খুলতে এগিয়ে যায়, সবার নজর থাকে দরজার দিকে। সে দরজা খুলতেই সবাই ক্ষুদিরামকে দেখতে পায়। সবাই শান্ত হয়ে তাদের নিজ অবস্থান থেকে সড়ে দাঁড়ায়। ক্ষুদিরাম তারাতারি ঘরের ভেতরে ঢুকে, দরজার দুই কপাট বন্ধ করে সে খিলিটা লাগিয়ে নেয়। তারপর দরজাকে পেছনে রেখে হেলান দিয়ে দাঁড়ায় আর প্রচন্ড হাঁপাতে থাকে।

বারিন্দ্র: কি হয়েছে? তুই এত হাঁপাচ্ছিস কেন?

ক্ষুদিরাম কোন উত্তর দিল না, শুধু বড় একটা দীর্ঘশ্বাস ফেলে।

সত্যেন্দ্রনাথ: কিরে? তোকে পুলিশে তাড়া করেছিল নাকি?

ক্ষুদিরাম: হ্যা...

বারিন্দ্র: ক্ষুদি, আয় এখানে এসে শান্ত হয়ে বসতো। তারপর বল কি এমন হয়েছে? (একটা চেয়ার দেখিয়ে) লিফলেটগুলির কি করেছিস? বিলি করতে পেরেছিলি তো?

ক্ষুদিরাম: হ্যা... সবার কাছে পৌছে দেবার ব্যবস্থা করে তবেই এসেছি (অথীনের উদ্দেশ্যে) অথীন... ভাই, আমাকে এক গ্লাস জল দে তো; আমার খুব জল তৃষ্ণা পেয়েছে।

অথীন: হ্যা দাদা, দিচ্ছি।

অথীন এক কোনে রাখা জলের পাত্র থেকে ক্ষুদিরামকে এক গ্লাস জল খেতে দেয়। সে অথীনের হাত থেকে জলের গ্লাসটা নিয়ে গোগ্রাসে কয়েক ঢোক জল গিলে নেয়, তারপর

গ্লাসটা টেবিলের উপর রাখে। সবাই ক্ষুদিরামের মুখের দিকে তাকিয়ে রয়েছে।

বারিন্দ্র: (কিছুটা চিন্তিত হয়ে) কিরে ক্ষুদি? কি বলছিস তুই? কিছুই তো বুঝলাম না। তুই কি এমন ব্যবস্থা করে এসেছিস? পুলিশ আবার তাড়া করতে করতে এখানে এসে উঠবে না তো?

ক্ষুদিরাম: আরে না... দাঁড়াও সব খুলে বলছি।

ক্ষুদিরাম তাদেরকে সব ঘটনা খুলে বলে। সবাই তার কথা মনযোগ দিয়ে শুনে। ক্ষুদিরাম যে কাজটি করে এসেছে তার জন্য ওরা সবাই অনেক খুশি হয়।

সত্যেন্দ্রনাথ: ক্ষুদিরামের পীঠে আলতোভাবে হাত চাপড়ে) এইতো বেশ সাহসিকতার কাজ করেছিস... ওদেরকে ঠিক এমন ভাবেই শিক্ষা দিতে হবে, নইলে সহজে কিছু বুঝবে না।

ক্ষুদিরাম: আমি যখন লিফলেটগুলি বিলি করছিলাম, ওদের চোখ মুখের অবস্থা যদি তোমরা দেখতে... রেগে একেবারে টগবগে লাল হয়ে গিয়েছিল।

ক্ষুদিরাম কিছুটা অঙ্গ – ভঙ্গীমা করে ইংরেজ কর্মকর্তাদের বিদ্রুপ করে। সবাই মিলে তখন অনেক হাসাহাসি করতে থাকে।

***

ক্ষুদিরাম লিফলেট বিলির ঘটনা মনে করে হাসতে থাকে। কিন্তু সহসা তার হাসি মলিন হয়ে গেল, সারা শরীর জুড়ে তীব্র ব্যাথা। কিন্তু সে ভাল করে চোখ মেলে তাকাতে পাচ্ছে না। পুলিশের একজন কনষ্টেবল

তার মুখে এক বালতি জল ছুড়ে মারে।মুখে জলের ঝাপটা লাগতেই সে তার চেতনা ফিরে পায়। সে বুঝতে পারে সে কোথায়, কি অবস্থায় আছে। সে ধীরে ধীরে তার চোখ খুলতে থাকে। চোখ খুলেই সে দেখতে পায়, তার সামনে পুলিশ কর্মকর্তা ও ম্যাজিষ্ট্র্যাট দাঁড়িয়ে আছে।

পুলিশের ডিএসপি (চেচিয়ে জিজ্ঞেস করে): কি নাম তোর বল?

ক্ষুদিরাম: (হাসতে হাসতে) হরেন সরকার।

পুলিশের ডিএসপি: (বুঝতে পারে সে সত্য বলছে না) আমি জানি এটা তোর আসল নাম নয়। সত্যিকারের নাম বল।

ক্ষুদিরাম: (আবারো হাসতে হাসতে) বললাম তো হরেন সরকার।

একজন পুলিশ কনষ্টেবল ক্ষুদিরামের চুলের মুঠিতে ধরে তাকে আবারও মারতে থাকে।

পুলিশের কনষ্টেবল: (ডিএসপিকে উদ্দেশ্য করে) স্যার, এ আব সবকুছ বোলেঙ্গে। (ক্ষুদিরামকে) হামলোক কো কেয়া তু বেয়াকুব সামঝা? আপনা আসলি নাম বতাহ।

ক্ষুদিরাম আর মার সহ্য করতে পারছে না। তার সমস্ত শরীরজুড়ে তীব্র ব্যাথা আর অনেক রক্ত ক্ষরণ হচ্ছে।

ক্ষুদিরাম: (মুখ ফসকে) ক্ষুদিরাম বোস।

ম্যাজিস্ট্র্যাট ক্ষুদিরামের নাম লিপিবদ্ধ করে নেয়। পুলিশ কনষ্টেবল আবারো ক্ষুদিরামের চুলের মুঠিতে ধরে তাকে প্রশ্ন জিজ্ঞেস করতে থাকে।

পুলিশের কনষ্টেবল: জলদি বতা... তেরা বাপকা নাম কেয়া হ্যায়?

ক্ষুদিরাম: (সহ্য করতে না পেরে) স্বর্গীয় ত্রৈলক্যনাথ বোস।

পুলিশের ডিএসপি: বাড়ি কোথায়?

ক্ষুদিরাম: হাবিবপুর।

ক্ষুদিরামের শৈশবের স্মৃতি মনে পড়তে থাকে। যেন কয়েক মুহুর্ত্যের জন্য সে সবকিছু ভুলে তার শৈশবের দিনগুলিতে ফিরে যায়।

2

ত্রৈলক্যনাথ বোস ঘরের সামনে উঠোনে এপাশ হতে ওপাশে অস্থির হয়ে হাটাহাটি করছেন। তার দুই মেয়ে সরোজিনী, ননীবালাসহ পরিবারের অন্যরা, পাড়া প্রতিবেশি কয়েকজন মহিলাও ভাল কোন খবর শোনার অপেক্ষায় উঠোনে দাঁড়িয়ে আছে। তার স্ত্রী লক্ষীপ্রিয়া দেবী আবারো সন্তান জন্ম দিতে যাচ্ছে। সে ঘরের ভেতরে প্রচন্ড প্রসব ব্যথায় কাতরাচ্ছে।

ত্রৈলক্যনাথ:(মনে মনে বিড় বিড় করে) ঠাকুর, লক্ষী যেন নিরাপদে সন্তান প্রসব করতে পারে। তুমি তাকে সহায়তা কর। আমার তিন মেয়ের পর এবার একটা ছেলে সন্তানের আশা করেছিলাম। আমার এআশাটা পূর্ণ করো। নইলে যে আমার বংশের প্রদীপ জ্বালানোর মত কেউই থাকবে না।

হঠাৎ সবাই বাইরে থেকে নবজাতকের কান্নার আওয়াজ শুনতে পায়। ত্রৈলক্যনাথ মনে মনে কিছুটা স্বস্তি পায়, খুশি হয়ে উঠে।

কিন্তু কিছুটা অস্থিরতা তার মধ্যে এখনো আছে - তার স্ত্রী ও নবজাতক সন্তান দু'জনেই ভাল থাকলেই হয়।

এমনসময় ভেতর থেকে ধাত্রী মহিলা বেড়িয়ে আসে, সঙ্গে ত্রৈলক্যনাথের বড় মেয়ে অপরুপাও বেড়িয়ে আসে। দু'জনেরই মুখে হাসি। ত্রৈলক্যনাথ তার কৌতুহল সংবরণ করতে পারছে না।

ধাত্রী মহিলা: (খুশিতে ত্রৈলক্যনাথের উদ্দেশ্যে) কি ঠাকুরপো? মিষ্টি কই? তোমার ছেলে হয়েছে গো ভাই, ছেলে হয়েছে। এক্কেবারে রাজ পুত্তুরের মত ছেলে। তোমার মনের আশাটা আবার পূর্ণ হলো।

ত্রৈলক্যনাথ: সত্যি? মা ও ছেলে দুজনেই ভাল আছে তো?

ধাত্রী মহিলা: হ্যা গো হ্যা, দুজনেই ভাল আছে... যাও এবার মিষ্টি নিয়ে আসো। (পাড়ার অন্য মহিলাদের উদ্দেশ্য করে) কইগো তোমরা উলুধ্বনি দেও। সবাই খুশি হয়ে উলুধ্বনি দিতে থাকে। ত্রৈলক্যনাথ খুশি মনে মিষ্টি আনতে বাজারের দিকে যায়।

অপরুপা: (ধাত্রীকে উদ্দেশ্য করে) দেখেছো জ্যাঠাই মা, আমাদের একটা ভাই হওয়াতে বাবা আজ কত খুশি হয়েছে?

ধাত্রী মহিলা: (অপরুপাকে উদ্দেশ্য করে) তোর বাবার অনেক দিনের ইচ্ছে ছিলরে একটা ছেলে হোক। এর আগেও দু'দুটো ছেলের জন্ম দিয়েছিল তোর মা। কিন্তু সে ছেলেগুলি বেশিদিন বাঁচেনি। এবারযেন এমনটি না হয়। তাহলে ঠাকুরপো মনে অনেক কষ্ট পাবে।

অপরুপা নীরব রইলো। তার মনে ভয় ঢুকে গেল, আবারো যদি এমন কিছু হয়, তবে তার বাবা-মাকে বাঁচানো কঠিন হবে।

অপরুপা: (মনে মনে ভাবে) এবার যেমন করেই হোক আর এমন হতে দেবো না।

***

সকাল গড়িয়ে প্রায় দুপুর হতে চলেছে। পরিবারের নতুন অতিথী শিশু ভাইটিকে নিয়ে ব্যস্ত দু'ই বোন সরোজিনী ও ননীবালা, বড় বোন অপরুপা রান্না বান্নায় ব্যস্ত। ত্রৈলক্যনাথ বাড়ির উঠোনে দাঁড়িয়ে থেকে মেয়েদের কান্ডকীর্তি দেখছে। লক্ষীপ্রিয়াও ঘরের দরজার কাছে দাঁড়িয়ে আছে। এমন সময় সেখানে এক সাধু বাবা আসে।

সাধু বাবা: জয় রাধা মাধবের জয়... আমায় একটু ভিক্ষা দিবি।

ত্রৈলক্যনাথ: (হাত জোড় করে সাধুর সামনে এগিয়ে যায়) ক্ষমা করবেন বাবা, আমার ছেলের জন্ম হওয়ায় আমাদের যে অশৌচ চলছে। নইলে আপনাকে এ ভর দুপুরে ভিক্ষা না দিয়ে ফিরাতাম না।

সাধু বাবা: (শিশুকে দেখতে পেয়ে) ও বুঝেছি, এ বুঝি তোর সেই ছেলে। তা কি নাম রেখেছিস তোর ছেলের?

ত্রৈলক্যনাথ: (মুচকী হেসে) রাম

সাধু বাবা: (কিছুক্ষণ ছেলেটির দিকে তাকিয়ে) আরে এ দেখি আমার গোপাল, ঠিক নামই রেখেছিস। তুই বড় ভাগ্যবান, এ ছেলে একদিন অনেক বড় কিছু করবে। কিন্তু এ ছেলে যে ক্ষণজন্মা, একটু দেখে রাখিস।

সাধু বাবা চলে গেল। ত্রৈলক্যনাথ ও লক্ষ্মীপ্রিয়া সাধু বাবার কথায় কিছুটা চিন্তায় পড়ে যায়। তারা তাদের এ ছেলে সন্তানটিকে কিছুতেই হারাতে চায় না।

একদিন পরলক্ষ্মীপ্রিয়া তার ছেলেকে কোলে নিয়ে রেখেছে। এমন সময় অপরূপা সে ঘরে ঢুকে। সে দেখে তার মা কোন কারণে চিন্তিত হয়ে আছে।

অপরূপা: মা, কি হয়েছে তোমার?

লক্ষ্মীপ্রিয়া: সাধু বাবার কথাটাই বার বার ভাবছিলাম। যদি আগের মত এবারও একই ঘটনা ঘটে।

অপরূপা: এসব নিয়ে এত ভেবো না, মা। ভাইয়ের কিছুই হবে না। আমি তার কিছু হতে দেবো না।

লক্ষ্মীপ্রিয়া: আমার এমন দূর্ভাগ্য যে আমি এর আগেও দু'দুটি ছেলেকে অকালে হারিয়েছি। এখানকার প্রচলিত নিয়ম অনুযায়ী যদি সন্তানের অধিকার ছেড়ে কারোর কাছে ছেলেটাকে দিয়ে দেই, তবেই নাকি তাকে বাঁচাতে পারবো। (বড় একটা দীর্ঘশ্বাস ফেলে) দেখ... আমার তো অনেক বয়স হয়েছে। কবে চোখ বুঝবো তার কোন ঠিক নেই। তখন তো তোকেই তোর ভাইটার খেয়াল রাখতে হবে। তাই আমি চাই তুই রামকে কিনে নে, বিনিময়ে আমায় মা লক্ষ্মীর প্রিয় তিন মুঠো ক্ষুদ দিয়ে দিস।

অপরূপা তার মাকে জড়িয়ে ধরে।

অপরূপা: ঠিক আছে মা, তুমি যখন চাইছো, তাই-ই হবে।

কিছুক্ষণ পর লক্ষ্মীপ্রিয়া তার বড় মেয়ে অপরূপার সামনে তার শাড়ীর আঁচল বিছিয়ে রেখেছে। অপরূপা গুণে গুণে তিন মুঠো ক্ষুদ(ভংগুর ক্ষুদ্র চাল) মায়ের আঁচলে দেয়। মা

লক্ষ্মীপ্রিয়া ক্ষুদগুলি আঁচলে গুটিয়ে নেয়। তারপর ছেলের কপালে আলতোভাবে একটা চুমু খেয়ে ছেলের সমস্ত লৌকিক অধিকার ত্যাগ করে মেয়ে অপরূপার হাতে তাকে তুলে দেয়।

লক্ষ্মীপ্রিয়া: আজ থেকে আমার আর তার উপর কোন অধিকার রইলো না।

অপরূপা: ঠিক আছে মা, আজ থেকে আমি তার সব দায়িত্ব নিচ্ছি। কিন্তু ক্ষুদ দিয়ে যখন তাকে কিনেছি, তাই আজ থেকে তার নাম আর শুধু রাম নয়, ক্ষুদিরাম।

লক্ষ্মীপ্রিয়া: (মুচকি হেসে) ক্ষুদিরাম?

অপরূপা: হ্যা মা, আজ থেকে তার নাম হচ্ছে ক্ষুদিরাম। তুমি যতদিন বেঁচে আছ ততদিন ক্ষুদি তোমার কাছেই থাক। যেদিন তুমি থাকবে না সেদিন থেকে আমিই তাকে মায়ের মত আগলে রাখবো।

অপরূপা শিশু ক্ষুদিরামকে আবার তার মায়ের কোলে তুলে দেয়।

***

ক্ষুদিরামের পিতা ও মাতা দু'জনই পর্যায়ক্রমে মারা যায়। ক্ষুদিরামের পিতা ও মাতা দু'জনই মারা যাওয়ায়, ভগ্নীপতি অমৃত মেদিনীপুর থেকে ক্ষুদিরাম ও তার অবিবাহিত বোন ননীবালাকে দাসপুর থানার হাটগোছায় অবস্থিত নিজবাড়িতে নিয়ে আসে।

অমৃত ছয় বছরের বালক ক্ষুদিরামকে নিয়ে আসে গিরীশ চন্দ্র মুখার্জীর পাঠশালায় ভর্তি করার জন্য। অমৃত: গিরীশ দা, আমার এই শ্যালককে আপনার পাঠশালায় ভর্তি করানোর জন্য এনেছি। শিক্ষক গিরীশ ক্ষুদিরামের দিকে কিছুক্ষণ অদ্ভুদভাবে তাকিয়ে থাকে। ক্ষুদিরামের মুখে কোন ভয় ছিল না, সে মুচকি মুচকি হাসতে ছিল।

গিরীশ: দেখে তো একটু দুষ্টু দুষ্টু মনে হচ্ছে। (ক্ষুদিরামকে প্রশ্ন করে) তা কি নাম তোর?

ক্ষুদিরাম: (একটু আস্তে করে) ক্ষুদিরাম বসু।

গিরীশ: ঠিক আছে। কাল থেকে তাকে এখানে পাঠিয়ে দেবেন।

অমৃত পাঠশালার ভর্তি ফি দিয়ে ক্ষুদিরামকে ভর্তি করিয়ে দেয়। বালক ক্ষুদিরাম বন্ধুদের নিয়ে বন জঙ্গলে ঘুরে বেড়ায়। যখন তখন গাছে চড়ে বেড়ায়। অন্যের বাগান থেকে ফলমুল পেড়ে খায়। কখনো কখনো ওরা বাগান মালিকের তাড়াও খায়। বন্ধুদের নিয়ে জলে লাফিয়ে পড়ে, সাতার কাটে, একজন আরেকজনের গায়ে জল ছিটিয়ে দুষ্টুমি করতে থাকে। পাখির বাসায় ঢিল ছোড়ে, খেজুর গাছে বসানো হাড়ি ফাটিয়ে রস খাওয়া।

একদিন বনের মধ্যে জীবিত একটা সাপ তার বন্ধুদের সামনে ফণা তুলে দাঁড়ায়। ক্ষুদিরাম সাহসের সাথে জীবিত সাপটির মাথায় ধরে দুরে ছুড়ে ফেলে। পাঠশালার শিক্ষকের বেত, আসন, হুঁকো লুকিয়ে রাখে। শিক্ষক গিরিশ চন্দ্রের কাছে ধরা পড়লে শিক্ষক কানে ধরে উঠ বস করায়। তারপরও সে আরো নানা রকম দস্যিপনা করতে থাকে।

3

পাঠশালার উন্নয়নে ছাত্ররা মাঝে মাঝে বিভিন্ন মানুষের কাছ থেকে চাঁদা আদায় করে। একদিন ছাত্ররা এক নব বিবাহিত দম্পতির পালকী ঘিরে রাখে বরপক্ষের কাছ থেকে চাঁদা আদায় করার জন্য। সেই ছাত্রদের নেতৃত্ব দেয় বালক ক্ষুদিরাম।

বরপক্ষের লোক: তোমাদের কি চাই?

ক্ষুদিরাম: আমাদের পাঠশালার জন্য তোমাদের চাঁদা দিতে হবে।

বরপক্ষের লোক: আমরা কোন চাঁদা দিতে পারবো না, তোমরা পথ ছেড়ে দাঁড়াও।

ক্ষুদিরাম: ওহু... না না তা হচ্ছে না... চাঁদাতো তোমাদের দিতেই হবে।

সে চাঁদা আদায়ে বদ্ধ পরিকর। বরপক্ষের লোকজন ওদের ডিঙ্গিয়ে পালকী নিয়ে চলে যেতে উদ্যত হলে, ক্ষুদিরাম তাদের চালাকী বুঝতে পারে। সে সঙ্গে সঙ্গে ওদের সামনে আবারো পথরুদ্ধ করে দাঁড়ায়। বেহারারা পালকী থামাতে বাধ্য হয়।

বরপক্ষের লোক: (পকেট থেকে পঁয়সা বের করে) নেও এক পঁয়সা দিচ্ছি। পথ ছেড়ে দাও।

ক্ষুদিরাম: না না, ওতে হবে না... আরো দিতে হবে। (বন্ধুদের ঈশারা দিয়ে) এই তোরা সব পালকী ধরে ঝুলে পড়।

ক্ষুদিরামের নির্দেশ শুনে সবাই পালকী ধরে ঝুলে পড়তে থাকে। শেষপর্যন্ত ক্ষুদিরাম বরপক্ষকে বাধ্য করে আরো বেশি চাঁদা দিতে। চাঁদা পেয়ে ওরা পালকী ছেড়ে দেয়।

***

চাকুরিজনিত কারণে অমৃত সপরিবারে তমলুকে চলে আসে। অপরুপা আর অমৃত তাদের নতুন বাড়িটিকে গুছিয়ে নিচ্ছে, বিভিন্ন জিনিসপত্র সাজিয়ে রাখছে।

ক্ষুদিরাম তার মন খারাপ করে ঘরে এক কোণে দাঁড়িয়ে আছে। হাটগোছা গ্রামের স্মৃতিগুলি বারবার তার চোখে ভেসে উঠছে। বন্ধুদের সাথে বনে জংগলে ঘুরে বেড়ানো, গাছে চড়া, সাতার কাটাসহ সব দুষ্টুমীর স্মৃতিগুলিই তার মনে পড়ছে।

গ্রামের বন্ধুদের এভাবে চিরদিনের মত ছেড়ে চলে আসতে তার খুব কষ্ট হয়েছে। তাই নতুন পরিবেশে নতুন বাড়িতে এসেও তার মনে এতটুকু উৎসাহ নেই।

অন্যদিকে ক্ষুদিরামের ভাগ্নে ললিত, নতুন বাড়িতে এসেই অস্থির ভাবে বাড়ির এপাশ থেকে ওপাশ ঘুরে ঘুরে দেখতে শুরু করে। মনে মনে নিজেই স্থির করে ফেলে মামা-ভাগ্নে মিলে কোন ঘরটাতে থাকবে।

ললিত: (ক্ষুদিরামকে উদ্দেশ্য করে) মামা, আয় আমাদের ঘরটা দেখে যা।

ললিত ক্ষুদিরামকে জোড় করে সেই ঘরটাতে টেনে নিয়ে যায়। কিন্তু ক্ষুদিরামের মন অন্য কোথাও পড়ে আছে। ললিত তার মুখের দিকে তাকিয়েই তা বুঝতে পারে।

ললিত : কিরে মামা তুই অমন করে গাল ফুলিয়ে রেখেছিস কেন? তোর কি এ ঘরটা পছন্দ হয়নি?

ক্ষুদিরাম: আমি এসব কিছু নিয়ে ভাবছি নারে...ভাবছি সব বন্ধুদের ছেড়ে এখানে কি করে থাকবো?

ললিত: এখানে আবার নতুন করে বন্ধু করে নিলেই তো হলো।

ক্ষুদিরাম: গ্রামে আমরা কত মজা করতাম।

ললিত: তা ঠিক... এবার বল ঘরটা তোর কেমন লেগেছে?

ক্ষুদিরাম: ভালই...

***

অমৃত খাটের এক পাশে বসে একটা ইংরেজী বই পড়ছে আর অপরূপা আয়নার সামনে দাঁড়িয়ে প্রথমে নিজের সিঁথিতে সিদুর দেয়, পরে কপালে একটা সিঁদুর ফোটা দেয়, তারপর হাতের শাখায় হালকা করে সিঁদুর ফোটা লাগায়। তার চুলগুলি অর্ধভেজা আর ছাড়ানো ছিল, পড়নে নতুন একটা শাড়ী। তাকে দেখতে অনেক সুন্দর লাগছে। অমৃত তাই বই পড়ার ফাঁকে ফাঁকে বারবার অপরূপাকে দেখছে। যদিও অপরূপা তা খেয়াল করেনি।

অপরূপা যখন সেজেগুজে পরিপাটি হয়ে অমৃতের পাশ দিয়ে হেটে যাচ্ছে, এমন সময় অমৃত পেছন থেকে তার হাত ধরে তাকে নিজের কাছে টেনে নেয়। কয়েক মুহূর্ত্যের জন্য দু'জন দু'জনার খুব কাছাকাছি চলে আসে। অপরূপা অমৃতের মতলব বুঝতে পেরে নিজেকে সুকৌশলে ছাড়িয়ে নেয়।

অমৃত: (আবৃত্তির সুরে) তুমি এত সুন্দর যে প্রিয়... শুধু চেয়ে থাকি, কল্পনার সব রঙে যেন তোমারি ছবি আকি। তোমার বিমুগ্ধকর হাসিতে আমার এ হৃদয় জুড়িয়ে যায়, মন তাই বার বার তোমারি কাছে দেখতে চায়। (অপরূপা মুচকি মুচকি হাসতে থাকে) আমি শুধু অবাক হই তোমার রুপশ্রী দেখে, যেন তোমার সর্বাঙ্গে রুপমা রেখেছো মেখে। জানিনা কী উন্মাদনা তোমার সাড়া অংগ জুড়ে, চাইলেও আর নিজেরে পারিনা যে রাখতে স্থির করে।

অপরূপা: (কড়া মেজাজ দেখিয়ে) আমার অনেক কাজ আছে। এখানে দাঁড়িয়ে থেকে তোমার কবিতা আবৃত্তি শুনলে আমার চলবে না।

অমৃত: গিন্নী, এত রেগে যাচ্ছ কেন? তোমাকে তো সত্যিই আজ অনেক সুন্দর লাগছে। ঠিক যেমনটা বিয়ের সময় প্রথম যখন তোমাকে দেখেছিলাম। তুমি এত সুন্দর বলেই হয়তো তোমার নাম অপরূপা রাখা হয়েছিল।

অপরূপা: আর তুমি এত মিষ্টি মিষ্টি কথা বল বলে তোমার নাম অমৃত, তাই না? দূর এসব হেয়ালীপনা এবার ছাড়ো তো... ছেলে পুলে অনেক বড় হয়েছে... বুড়ো বয়সে তোমার যত ভীমরতি। আমি এখন যাই।

অপরূপা চলে যেতে উদ্যত হয়।

অমৃত: গিন্নী, আরে একটু দাঁড়াও না।

অপরূপা: আবার কি? এবার মাপ চাইছি। (হাত জোড় করে মাপ চাওয়ার ভঙ্গিমায়) আমি তোমাকে তো হারে হারে চিনি...তোমার মতলবটা আমি বেশ বুঝতে পারছি।

অমৃত: (রেগে গিয়ে) বুঝি না সব সময় তোমার মধ্যে এত অস্থিরতা কিসের? তোমার সাথে যে দু'দন্ড শান্তিতে কথা বলবো তার কোন সুযোগ নেই।

অপরূপা: তুমি হয়তো আপিস ছুটির পর থেকে অবসর হয়ে যাও। কিন্তু আমার তো ঘুমাবার আগ পর্যন্ত কোন অবসর নেই।

অমৃত: ঠিক আছে, বাবা। এবার একটু স্থির হয়ে কাজের কথাটা শোনো।

অপরূপা বিছানায় স্বামীর পাশে গিয়ে বসে।

অপরূপা: ঠিক আছে, কি বলবে বলো?

অমৃত: ক্ষুদি আর ললিতকে স্কুলে ভর্তির ব্যবস্থা করে এসেছি।

অপরূপা: ভাল, কিন্তু কোন স্কুলে?

অমৃত: হ্যামিল্টন উচ্চ ইংরেজি বিদ্যালয়ে।

অপরূপা: ইংরেজী স্কুল? ক্ষুদিকে কোন শ্রেণীতে ভর্তি করাবে।

অমৃত: হ্যা, স্কুলটা বেশ ভাল... চতুর্থ শ্রেণীতে ভর্তি করে দেবো।

অপরূপা: ঠিক আছে। পরে সব কথা শুনবো।

অমৃত: (কিছুটা নিরাশ হয়ে) হুমম... কি আর করা?

অপরূপা অন্যঘরে চলে গেল। অমৃত আবার সেই বইটিতে মনোনিবেশ করতে লাগল।

কয়েকদিন পর ক্ষুদিরাম ও তার ভাগ্নে ললিত স্কুলের পোশাক পরে স্কুলে যাওয়ার উদ্দেশ্যে রওয়ানা দেয়। ক্ষুদিরাম টিফিন নিতে চাইতো না, তাই বড়বোন অপরূপা টিফিনের বাক্সটি পেছন থেকে তার ব্যাগে জোড় করে ঢুকিয়ে দেয়।

অপরূপা: ক্ষুদি, দেখ মনে করে খাবারটা খেয়ে নিস কিন্তু। সেদিনকার মত আজ আবার অন্য কাউকে দিয়ে দিস না যেন। রোজ রোজ এভাবে না খেয়ে উপোস থাকলে তোর স্বাস্থ্যের অনেক ক্ষতি হবে।

ক্ষুদিরাম: ঠিক আছে, খেয়ে নেবো।

ললিত: মামা, চল... দেরী হয়ে যাচ্ছে।

ক্ষুদিরাম: হ্যা, চল।

ক্ষুদিরাম ও ললিত বাড়ি থেকে বেড়িয়ে পড়ে। অপরূপা মুগ্ধ দৃষ্টিতে তাদের স্কুলে যাওয়া দেখে আর মুচকি হাসতে থাকে।

ক্ষুদিরাম ও ললিত স্কুলের কাছাকাছি পৌছেছে। এমন সময় তারা রাস্তার পাশে একটা রোগা নানাদানী বৃদ্ধ ভিক্ষুককে বসে থাকতে দেখে। ক্ষুদিরাম লোকটার দিকে কিছুক্ষণ অদ্ভুদভাবে তাকিয়ে থাকে, লোকটার প্রতি তার খুব মায়া লেগে যায়, সে লোকটার সামনে এগিয়ে যায়, হাটু গেড়ে বসে পড়ে। ললিত অবাক হয়ে ক্ষুদিরামের কান্ডকীর্তি দেখছে।

ভিক্ষুক: (ক্ষুদিরামকে দেখে কেঁদে দেয়) দু'দিন ধরে পেটে একটাও দানা পড়েনি। আমাকে কিছু খেতে দিবি বাবা?

ক্ষুদিরাম: আমি থাকতে তুমি না খেয়ে থাকবে সে কি হতে পারে? এই নাও। জলদি খেয়ে নাও...আমাকে আবার স্কুলে যেতে হবে।

ক্ষুদিরাম স্কুল ব্যাগ থেকে টিফিনের বাক্সটি বের করে বৃদ্ধ ভিক্ষুককে খেতে দিল। লোকটা টিফিনের বাক্স খুলে রুটি আর তরকারি গোগ্রাসে খেতে শুরু করে। ক্ষুদিরাম মুচকি হেসে লোকটার দিকে তাকিয়ে থাকে। ললিতও দূর থেকে সব দেখছিল।

ললিত: কিরে মামা, এতক্ষণ কি করছিস ওখানে?

ক্ষুদিরাম: (অন্যমনস্ক হয়ে নিজে নিজে ভাবতে থাকে) আমাকে একদিন এসব দুঃখী মানুষের জন্য কিছু একটা করতে হবে।যাতে ওরা পেটপুড়ে দু'বেলা খাবার খেতে পায়।একটু শান্তিতে থাকতে পারে।

ললিত: (রেগে গিয়ে) কিরে তুই আসবি না? আমাদের স্কুলে যেতে তো দেরী হচ্ছে।

ক্ষুদিরাম: হ্যা ললিত, আসছি।

লোকটা খাওয়া শেষে ক্ষুদিরামকে টিফিনের খালি বাক্সটা ফেরত দেয়।

ভিক্ষুক: (ক্ষুদিরামের মাথায় হাত রেখে) বাবা, আমার মত এক অনাহারীর মুখে আজ তুমি নিজের খাবার তুলে দিলে, তাই তোমাকে আমি প্রাণ ভরে আশীর্বাদ করি, একদিন তুমি অনেক বড় মানুষ হবে।

ক্ষুদিরাম টিফিনের খালি বাক্সটা ব্যাগে ঢুকিয়ে স্কুলের দিকে রওয়ানা হয়।

ললিত: কি করলি তুই এটা?

ক্ষুদিরাম: কেন, কি করলাম?

ললিত: নিজের খাবারটা লোকটাকে দিয়ে দিলি?

ক্ষুদিরাম: লোকটা যে দু'দিন ধরে কিছু খায়নি।

ললিত: তাই বলে নিজের খাবার দিয়ে দিবি? কি করে সারাবেলা উপোস থাকবি।

ক্ষুদিরাম: আমি না হয় একবেলা উপোস থাকবো, লোকটা তো দু'দিন ধরে উপোস ছিল। আমি আজ খাবারটা না দিলে আরো কয়দিন যে উপোস থাকতো তার ঠিক নেই। কেউ না খেয়ে থাকলে আমার খুব কষ্ট হয়।

ললিত তার মামার মুখের কথা শুনে অবাক হয়ে ফেল ফেল করে মামা ক্ষুদিরাম দিকে তাকিয়ে থাকে।

ক্ষুদিরাম: তবে ভুল করেও দিদি - দাদা বাবুর কানে কিছু লাগাতে যাবি না যেন। তাহলে কাল যে পড়া শিখে না যাওয়ায়, স্যারের বেতের বাড়ী খেয়েছিস তা বলে দিবো কিন্তু।

ললিত: ঠিক আছে। তুই কি করে দেখলি?

ক্ষুদিরাম: আমি দেখেছি... এখন তারাতারি চল ক্লাস শুরু হয়ে যাবে।

ললিত: হ্যা, চল।

দু'জন তারাতারি হাটা শুরু করে।

শিক্ষক ক্লাস নিচ্ছেন। কথা প্রসঙ্গে শিক্ষক মহোদয় তার ছাত্রদের সাহস, শক্তি, উদ্যম ও একাগ্রতা পরীক্ষা করে দেখার সিদ্ধান্ত নিলেন।

শিক্ষক: (ছাত্রদের উদ্দেশ্যে তার টেবিল দেখিয়ে) আমি দেখতে চাই তোদের মধ্যে কে এ টেবিলে সবচেয়ে বেশি ঘুসি মারতে পারে?

ক্ষুদিরামসহ অন্যান্য ছাত্ররা, শিক্ষকের দেয়া চ্যালেঞ্জ অত্যন্ত খুশি হয়ে গ্রহণ করে। এক এক করে সবাই টেবিলের উপর ঘুসি মারতে থাকে। কিন্তু কেউই কয়েক বারের বেশি ঘুসি মারতে পারেনি। এল ক্ষুদিরামের পালা। সে অনবরতঃ এক নাগাড়ে ঘুসি মারতেই থাকে। তার হাত দিয়ে রক্ত বের হতে থাকে।

তার অবস্থা দেখে শিক্ষক শেষপর্যন্ত ভয়ে শিহড়ে উঠে। শিক্ষক তাকে থামিয়ে বুকে জড়িয়ে ধরে এবং তার রক্ত বন্ধ করার ব্যবস্থা করে।

ক্ষুদিরাম রাস্তা দিয়ে যাচ্ছে। হঠাৎ সে একটা মিছিলের আওয়াজ শুনতে পায়। সে কিছুদুর সামনে যেতেই দেখে মিছিল নিয়ে অনেকগুলি লোক তার দিকে এগিয়ে আসছে। সে রাস্তার একপাশে দাঁড়ায়। মিছিলে সবাই একস্বরে "বন্দে মাতরম" ধ্বনি উচ্চারণ করছে।

ক্ষুদিরাম অবাক হয়ে দেখতে থাকে। তার কাছে "বন্দে মাতরম" শব্দটি শুনতে ভাল লাগছে। সে মনযোগ দিয়ে শুনতে থাকে, মনে মনে অনেক খুশি হয়।

ক্ষুদিরাম বাড়ী ফেরে কাগজ কলম নিয়ে বসে পড়ে। কাগজের মধ্যে বার বার "বন্দে মাতরম" শব্দটি লেখে আর নিজে নিজে কয়েকবার স্লোগান দিতে থাকে। এ শব্দটি যেন একদম তার হৃদয়ে গেঁথে গেছে।

পরদিনও ক্ষুদিরাম ক্লাসে অন্যমনস্ক হয়ে বসে আছে আর খাতার কাগজে অনবরতঃ "বন্দে মাতরম" শব্দটি লিখে যাচ্ছে। ক্ষুদিরামের ক্লাসে কোনে মনযোগ নেই। কিছুক্ষণপর ক্লাসে ছুটির ঘন্টা বাজতে থাকে। সবাই ক্লাস থেকে বেড়িয়ে যায়।

ক্ষুদিরাম তখনো "বন্দে মাতরম" শব্দটি লিখে যাচ্ছে।

***

তমলুক শহরে কলেরা রোগ হঠাৎ মহামারী আকারে দেখা দিয়েছে। কলেরা আক্রান্ত মানুষের পাশে দাঁড়ানোর জন্য ক্ষুদিরাম বাড়ি থেকে বিভিন্ন জিনিসপত্র নিয়ে বের হচ্ছে, এমনসময় সে অপরূপা ও তার ভাগ্নে ললিতের সামনে এসে পড়ে।

অপরূপা: কিরে ক্ষুদি, তুই এসব নিয়ে এখন কোথায় যাচ্ছিস? চারিদিকে কলেরা এমনিতেই মহামারী আকারে ছড়িয়ে পড়ছে। তোর এভাবে যখন তখন বাড়ি থেকে বের হওয়াটা ঠিক না।

ক্ষুদিরাম: দিদি, আমি সেখানেই যাচ্ছি।

অপরূপা: মানে, কোথায় যাচ্ছিস?

ক্ষুদিরাম: আমি কলেরা আক্রান্ত মানুষদের সেবা করতে যাচ্ছি।কেউ ওদের পাশে দাঁড়াচ্ছেনা বলেই সামান্য কলেরা মহামারীতে রূপ নিচ্ছে।

অপরূপা: দেখ ভাই, তুই ভুলেও ওসব জায়গায় যাবি না। কলেরা কিন্তু মারাত্মক ছোঁয়াচে রোগ।

ললিত: হ্যা মামা, তুই সেখানে যাসনা।

ক্ষুদিরাম:দিদি, তুই এসব নিয়ে ভাবিস না। আমার কই মাছের প্রাণ, এত সহজে যাবার নয়।তাই কলেরা আমার কিছুই করতে পারবে না।

ক্ষুদিরাম কারোর কথা শোনার পাত্র নয়, যা সে করবে বলে মনে মনে স্থির করেছে তা সে করবেই। তাই তাদের কথা অগ্রাহ্য করে বাড়ি থেকে বেড়িয়ে পড়ে। ললিত অন্য ঘরে চলে যায়।

অপরুপার মনে ভয় ঢুকে যায় ক্ষুদিরামও যদি কলেরা আক্রান্ত হয়ে পড়ে।

অপরূপা: (মনে মনে চিন্তা করে) ভাই, মাকে কথা দিয়েছিলাম তোকে সব সময় নিজের

ছেলের মত করে আগলে রাখবো। কিন্তু তুই কোনদিনই আমার কথা শুনিস না। এসব করতে গিয়ে যদি তুইও অসুস্থ হয়ে পড়িস।

অপরুপা দুঃশ্চিন্তা করতে করতে এক পর্যায়ে দরজার পাশে হেলান দিয়ে দাঁড়িয়ে থাকে।

4

ক্ষুদিরাম এক বাড়িতে এসে দেখে দরিদ্র এক বৃদ্ধা মহিলা কলেরায় আক্রান্ত হয়ে মারাত্মক অসুস্থ হয়ে পড়ে আছে। বৃদ্ধার করুণ অবস্থা দেখে ক্ষুদিরামের ভীষণ মায়া হয়।

ক্ষুদিরাম:(বৃদ্ধাকে জিজ্ঞেস করে) দিদিমা, তোমার পরিবারের লোকজন কোথায়? কাউকে তো দেখছি না।

বৃদ্ধা: (রোগে কাতর কন্ঠে) আমার কলেরা হওয়ায় আমার ছেলে, বউ, নাতি, নাতনী সবাই আমাকে একা ফেলে রেখে চলে গেছে।

মহিলা ঠিকমত কথা বলতে পারছে না। বমি করতে থাকে। ক্ষুদিরাম নিজ হাতে তার বমি পরিস্কার করে। তাকে ঔষধ খাইয়ে দেয়। বিছানায় শুইয়ে কাঁথা গায়ে জড়িয়ে দেয়। মহিলা অবাক দৃষ্টিতে ক্ষুদিরামের দিকে তাকিয়ে থাকে।

কলেরায় আক্রান্ত হয়ে মারা যাওয়ায় কেউই আক্রান্তদের মৃতদেহ সৎকার করতে সাহস করছে না। ক্ষুদিরাম নিজের উদ্যোগে সেসব মৃতদেহকে পোড়া দেবার ব্যবস্থা করে, লাকড়ি সংগ্রহ করে। সে একটি ঠেলাগাড়িতে করে এক করে বিভিন্ন জায়গা থেকে কয়েকজনের মৃতদেহ তুলে নিয়ে আসে শ্মশানে। তারপর সেসব লাশকে পৃথক পৃথকভাবে আগুনে পুড়িয়ে সৎকার করে।

***

ক্ষুদিরাম রাতের পর রাত ধরে অসহায় বৃদ্ধার পাশে থেকে, যখন যা প্রয়োজন তা দিয়ে, ঔষধপত্র খাইয়ে তাকে সুস্থ করে তোলে।

বৃদ্ধা: (খুশি হয়ে মাথায় হাত রেখে) আশীর্বাদ করি ভাই, তুই অনেকদিন বেঁচে থাক। তুই না থাকলে হয়তো আমি মরেই যেতাম।

বৃদ্ধা সুস্থ হয়ে উঠেছে জেনে তার পরিবারের লোকজন বাড়ি ফিরে আসে। তারা কিশোর ক্ষুদিরামকে বৃদ্ধার পাশে থেকে সেবা সুশ্রুষা করতে দেখে অবাক হয়।

বৃদ্ধার ছেলে: মা, এখন কেমন আছো?

বৃদ্ধা: (ছেলের উদ্দেশ্যে অভিমানে) তোরা কি ভেবেছিলি আমি মরে গেছি? না মরিনি, এ ছেলেটা আমাকে মরতে দেয়নি। আমার নিজের ছেলে, বউ, নাতি, নাতনী সবাই যখন আমাকে ছেড়ে চলে গেছে তখন এ ছেলেটাই রাতদিন এভাবে আমার সেবা সুশ্রুষা করে আমাকে সুস্থ করে তুলেছে।

বৃদ্ধার ছেলে কিছুটা লজ্জা বোধ করে মাথা নিচে করে দাঁড়িয়ে থাকে।

ক্ষুদিরাম: দিদিমা, তোমার বাড়ীর লোকজন যখন এসে গেছে আমি এখন যাই।

বৃদ্ধা তাকে মাথা নেড়ে সম্মতি দেয়। ক্ষুদিরাম সেখান থেকে চলে যায়।

চিকিৎসা কেন্দ্র, তমলুক - দিন

ক্ষুদিরাম ঠেলাগাড়িতে করে মারাত্মকভাবে অসুস্থ অনেক কলেরা রোগীকে চিকিৎসা কেন্দ্রে নিয়ে যায়। নিজের তত্বাবধানে তাদের সেবা সুশ্রুষা করতে থাকে।

***

ক্ষুদিরাম বন্ধুদের সাথে ক্লাসে বসে আড্ডা দিচ্ছে। এমনসময় তাদের এক সহপাঠী ফণিভুষণ ঘোষ নতুন ধুতি পরে ক্লাসে আসে। সবাই ওকে ধুতি পরে আসতে দেখে হাসাহাসি শুরু করে।

জনৈক ছাত্র: (হাসতে হাসতে) কিরে ধুতিতে ঠিকমত গোঁজ দিয়েছিস তো? নইলে কিন্তু খুলে যাবে।

সবাই হাসাহাসি ব্যাঙ্গ - বিদ্রুপ করায়, ফণিভুষণ লজ্জায় মাথা নত করে রাখে। এসব দেখে ক্ষুদিরাম রেগে যায়। সে বেঞ্চ থেকে উঠে ফণিভুষণের পাশে গিয়ে দাঁড়ায়। ওর গায়ে হাত রেখে ওকে আশ্বস্ত করার চেষ্টা করে।

ক্ষুদিরাম: তোরা তো অনেক হাসা হেসেছিস। এবার ক্ষান্ত হ... নইলে ঘুসি মেরে সবার নাক ফাটিয়ে দেবো।

সবাই ভয়ে চুপ হয়ে গেল।

ফণিভুষণ: (কান্না কান্না চোখে) ক্ষুদি, আমি আজ আর ক্লাস করবো না। বাড়ী চলে যাবো। আমার খুব অপমান লাগছে।

ক্ষুদিরাম: নিজের দেশের পোশাক পরলে অপমান কিসের রে? তুই কোত্থাও যাবি না। যারা আমাদের দেশটাকে লুটে পুটে খাচ্ছে তাদের খুশি করার জন্য কি সারাজীবন ওদের বিলেতি রং ঢং - এর অনুসরণ করতে হবে। আমাদের পোশাক, সংস্কৃতি এসব কি ভুলে যাবো? বরং ওদের এভাবে অনুকরণ করাটাই বেশি অপমান জনক। তোর মত এরকম একটা ধুতি পেলে আমিও রোজ সেটা পরে স্কুলে আসতাম।

বন্ধুদের সবাই ক্ষুদিরামের কথা শুনে লজ্জা পেল। তারা ফণিভুষণের কাছে ক্ষমা চায়।

***

অমৃত মেদিনীপুরে বদলি হওয়ায় তাকে সপরিবারে তমলুক থেকে মেদিনীপুরে চলে যেতে হচ্ছে। অপরুপা ব্যাগ বা অন্যান্য জিনিসপত্র গুছিয়ে নিচ্ছে। অমৃত তাকে সহায়তা করছে। সকালের রেলগাড়িতে চড়ে তারা মেদিনীপুরে যাবে।

অপরূপা: কাল কয়টার ট্রেনে আমরা মেদিনীপুরে যাচ্ছি গো?

অমৃত: এইতো সকাল দশটার ট্রেনে। সবতো প্রায় গুছিয়ে নিয়েছি - তাইনা?

অপরূপা: হ্যা, আর সামান্য কিছু জিনিসপত্রই বাকি রয়েছে। ছেলেদের মন খুব খারাপ। কেউই বন্ধু বান্ধবদের ছেড়ে এখান থেকে যেতে চাইছে না। অনেকদিন ধরে থাকায় আমারো এ জায়গার প্রতি বেশ মায়া পড়ে গেছে। পাড়ার সবার সাথেও আমাদের বেশ ভাল সম্পর্ক ছিল। তাই মেদিনীপুরে যেতে ইচ্ছে করছে না।

অমৃত: এটা ঠিক। প্রায় চার বছর ধরে তমলুকে আছি। এখন হঠাৎ অন্য কোথাও যেতে হলে একটু খারাপ তো লাগবেই। হাটগোছা থেকে তোমাদের যখন এখানে নিয়ে এসেছিলাম তখনো তো তোমার প্রথম প্রথম অনেক

খারাপ লাগছিল। কিন্তু সময়ের সাথে সাথে তো সব ঠিক হয়ে গেছে। এখানে যেমন মানিয়ে নিতে পেরেছো, সেখানেও ঠিক তেমনি মানিয়ে নিতে পারবে, খুব একটা সমস্যা হবেনা। আমার তো মনে হয় এখন যদি হাটগোছাতেও আবার ফিরে যেতে হতো তাহলেও একই কথা বলতে।

অপরুপা: হয়তোবা... কিন্তু নতুন কোথাও গিয়ে সংসারকে আবার মনের মত করে গুছিয়ে নিতে গেলে অনেক সময় লাগে। তোমার চাকুরীর তো কোন ভরসা নেই। আজ এখানে বদলি করবে, তো কাল ওখানে। তাই আর
সেভাবে সংসারকে গুছিয়ে নিতে উৎসাহ বোধ করি না। মনে হয় সব সময় ব্যাগ ট্যাগ গুছিয়ে রাখি, যখন আবার নতুন কোথাও বদলি হবে চট করে তৈরি হয়ে যেতে পারবো।

অপরুপার কথা শুনে অমৃত হাসতে থাকে।

অমৃত: গিন্নী তোমার কথা শুনে না হেসে পারলাম না। সরকারের চাকুরী করি,সরকার মাইনে দেয়। সরকার যেখানে বদলি করবে সেখানেই তো যেতে হবে। তবে ক্ষুদি আর ললিতের ভবিষ্যতের কথা ভেবে আমি নিজেও এবার চেয়েছিলাম মেদিনীপুরে বদলি হতে।

অপরুপা: ভাল কথা মনে করলে, মামা ভাগ্নে ও দু'টো মিলে কি করছে একটু দেখে আসছি।

অপরপা এ ঘর থেকে বেড়িয়ে যায়।

5

অমৃত, অপরূপা, ললিত ও ক্ষুদিরাম রেলগাড়িতে বসে আছে। ক্ষুদিরাম রেলগাড়ির জানলার পাশে বসেছে। তার পাশে ভগ্নীপতি অমৃত বসেছে। রেলগাড়ি ছাড়ার উপক্রম হচ্ছে।

ক্ষুদিরাম রেলগাড়ির জানলা দিয়ে প্লাটফর্মের দিকে তাকিয়ে আছে। প্লাটফর্মে সে বিভিন্ন ধরণের লোকজনের আসা যাওয়া দেখতে থাকে।

এমন সময় সে দেখে একজন ইংরেজ সাহেব প্লাটফর্মে হাটছে। যার পিছু পিছু একটা রুগ্ন ছেলে মাথায় অনেক ভাড়ী ব্যগের বোঝা নিয়ে সামনে এগোচ্ছে।

ছেলেটা অনেক হাঁপাচ্ছে, মোটেই আর সামনে এগিয়ে যেতে পারছে না।তা দেখে ক্ষুদিরামের খুব খারাপ লাগে।হঠাৎ রুগ্ন ছেলেটা হোঁচট খেয়ে পড়ে যায়, তার মাথা থেকে ব্যগের বোঝাটা নিচে পড়ে যাওয়ায় ইংরেজ সাহেব অনেক ক্ষিপ্ত হয়ে উঠে।

লোকটা এলোপাথারি তার বুট জুতা দিয়ে ছেলেটাকে লাথি পেটা শুরু করে।

ইংরেজ সাহেব: You bloody idiot...

ছেলেটার আর্তনাদ শুনে ক্ষুদিরাম আতকে উঠে। ক্ষুদিরামের দিদি অপরূপা, ভগ্নীপতি অমৃত, আর ভাগ্নে ললিতও ঘটনাটি দেখে। সবার কাছেই খারাপ লাগছে।

অপরূপা: লোকটা কত খারাপ... ছেলেটা ভারী বোঝা বইতে পারেনি বলে দেখ তাকে কিরকম ভাবে মারছে? সামান্য কারণে কাউকে এত মারতে হয়? নিরীহ ছেলেটা তো মরেই যাবে।

অমৃত: ছেলেটা এভাবে মরে গেলেই বা কি হবে? ওদের কাছে এদেশের মানুষের জীবনের

কোন মূল্য নেই। জাতি হিসেবে ওদের কাছে আমরা খুবই নিগৃহীত।

ষ্টেশনের প্লাটফর্মে দাঁড়িয়ে অন্যরা সবাইও চুপ চাপ দেখছে। অথচ কেউ কোন প্রতিবাদ করার সাহস করছে না।

ক্ষুদিরাম সহ্য করতে পারছিল না। সে পারলে রেলগাড়ির জানলা ভেঙ্গে গিয়ে সাহেবটার উপর ঝাঁপিয়ে পড়ে। রেলগাড়ির হুইসেলের আওয়াজ বাজতে থাকে। রেলগাড়ি চলতে উপক্রম হয়।

লোকটা তখনো ছেলেটাকে বেদম মারছে। ছেলেটার আর্তনাদ শুনতে শুনতে ক্ষুদিরামের অন্তরাত্মা বিদীর্ণ হতে লাগে।

ক্ষুদিরাম রেলগাড়ি থেকে নেমে যেতে উদ্যত হলে, তার ভগ্নিপতী তাকে বাধা দিয়ে ধরে রাখে। রেলগাড়ি চলতে শুরু করে।

ক্ষুদিরাম: (রেগে গিয়ে) জামাই বাবু, আমাকে যেতে দিন। আমি এই বিদেশী লোকটাকে উচিত শিক্ষা দিতে চাই।

অমৃত: না... তুই একা ওর কিছু করতে পারবি না।আমাদেরকে ওদের সব অত্যাচার সহ্য করেই যেতে হবে।

রেলগাড়ি সামনে এগিয়ে যেতে থাকে। অগত্যা ক্ষুদিরামকে চলন্ত গাড়ীর জানলা থেকেই নিরুপায় হয়ে এ নির্মম দৃশ্যটি দেখে যেতে হচ্ছে।

ধীরে ধীরে দৃশ্যটি ক্ষুদিরামের চোখে অস্পষ্ট হয়ে যায়। ছেলেটার আর্তনাদও আর শুনতে পাচ্ছে না সে। শুধু রেলগাড়ি চলার যান্ত্রিক শব্দ "পো --- ঝিক ঝিক" ভেসে আসছে তার কানে।

সে বুঝতে পারে এতক্ষণে ছেলেটার আর্তনাদ হয়তো এমনিতেও থেমে গেছে। রেলগাড়ি প্লাটফর্ম থেকে অনেক দূরে চলে এসেছে। ঘটনাটি চোখ থেকে অস্পষ্ট হয়ে গেলেও ক্ষুদিরামের মন থেকে কিছুই বিস্মৃত হয়নি।

বার বার মনে পড়ছে সেই ঘটনাটি, চোখে ভেসে উঠছে সাহেব লোকটার নির্দয় লাথিপেটা আর নিরীহ ছেলেটার আর্তনাদের ধ্বনি। সে তার দিদি, জামাই বাবু, ভাগ্নে

সবার দিকে তাকায়।

সবাই আবার অনেক স্বাভাবিক হয়ে গেছে। হাসি খুশি ভাবে কথা বলছে। কিন্তু ক্ষুদিরামের মুখে খুশি নেই। সে জানলার বাইরের দিকে তাকিয়ে থাকে।

***

ক্ষুদিরাম মেদিনীপুর কলেজিয়েট স্কুলে নতুন ভর্তি হয়েছে। সে চুপচাপ ক্লাসের এক কোণের একটা বেঞ্চে বসে আছে। ক্লাস এখনো শুরু হয়নি। এমন সময় তার পাশে বসা একটা ছেলে তার দিকে একটু অদ্ভুদ ভাবে তাকাতে থাকে।

জনৈক ছাত্র: তোমাকে তো আগে কোনদিন এ স্কুলে দেখিনি। নতুন এসেছো বুঝি?

ক্ষুদিরাম: (একটু আস্তে করে) হ্যা... আজই এ স্কুলে ভর্তি হয়েছি।

জনৈক ছাত্র: তাহলে আগে কোন স্কুলে পড়তে?

ক্ষুদিরাম: আগে আমরা তমলুকে ছিলাম। আমি সেখানকার হ্যামিল্টন উচ্চ ইংরেজী বিদ্যালয়ে পড়াশুনা করেছি।

জনৈক ছাত্র: তমলুক থেকে হঠাৎ মেদিনীপুরে চলে এলে যে? তোমার বাবা কি এখানে চাকুরী করেন?

ক্ষুদিরাম: আমার বাবা-মা অনেক আগেই মারা গিয়েছেন। আমি দিদি জামাই বাবুর সাথেই থাকি। জামাই বাবু সরকারী চাকুরী করেন। তিনি হঠাৎ মেদিনীপুরে বদলি হয়ে আসায় আমাদেরকেও এখানে চলে আসতে হয়েছে।

জনৈক ছাত্র: ও আচ্ছা।

ক্ষুদিরাম: তোমরা কি মেদিনীপুরেই থাকো?

জনৈক ছাত্র: (হাসি মুখে) হ্যা, আমরা অনেক আগে থেকেই এখানে আছি।

ক্ষুদিরাম: আচ্ছা, ক্লাস কখন শুরু হবে?

জনৈক ছাত্র: এইতো আর বেশি দেরী নেই... অল্প কিছুক্ষণের মধ্যেই ক্লাস শুরু হতে

যাচ্ছে।

ক্ষুদিরাম: ও... রোজ কি এ সময়েই ক্লাস শুরু হয়?

জনৈক ছাত্র: হ্যা...

এমন সময় তাদের শিক্ষক ক্লাসে প্রবেশ করে। সবাই ক্লাসে মনযোগী হয়।

***

ভগ্নীপতি অমৃত, ক্ষুদিরাম ও তার ভাগ্নে ললিত পিঁড়িতে খেতে বসেছে। অপরূপা তাদেরকে ভাত বেড়ে দিচ্ছে। অমৃত ও ললিত খাওয়া শুরু করে। ক্ষুদিরাম অমনযোগী হয়ে আছে।

অপরূপা: (যখন দেখে ক্ষুদিরাম খাচ্ছে না) কিরে ক্ষুদি? কি হয়েছে তোর? কিছুই খাচ্ছিস না যে?

অমৃত ও ললিত ক্ষুদিরামের দিকে অবাক হয়ে তাকায়।

ক্ষুদিরাম: না কিছু হয়নি তো।

ক্ষুদিরাম ভাত খাওয়া শুরু করে। অপরূপা ক্ষুদিরামের দিকে তাকিয়ে থাকে, সে ক্ষুদিরামকে নিয়ে ভাবনায় পড়ে যায়।

***

ক্ষুদিরামের সব সময় উদাসীন হয়ে থাকা, পড়াশুনায় মনযোগ না দেওয়া, অপরূপাকে ভীষণভাবে ভাবিয়ে তুলে। ভগ্নীপতিও ব্যপারটি লক্ষ করে, তবে নিজের কাজকর্মে ব্যস্ত থাকায় সে তেমন গুরুত্ব দিয়ে দেখেনি।

অমৃত টেবিলে বসে অফিসের বিভিন্ন কাগজ পত্র ঘাটছে, আর নানা তথ্য টুকে টুকে লিখছে। এমন সময় সে ঘরে অপরূপা আসে। সে পেছন থেকে এসে তার স্বামীর কাঁধে

দু'হাত রাখে। অমিত আবাক হয়ে পেছনে ফিরে তাকায়।

অমৃত: কি হয়েছে, গিন্নী? কিছু বলবে?

অপরুপা: ক্ষুদিটা সারাদিন কেমন উদাস হয়ে থাকে। খাওয়ার সময়ও দেখলে না কেমন মনমরা হয়ে ছিল।

অমৃত: হ্যা, আমি কয়েকদিন ধরে দেখছিলাম... ভাবছিলাম তোমাকে বলব...

অপরুপা: আমার কিন্তু কিছুই ঠিক মনে হচ্ছে না।শুনেছি আজকাল সে ক্লাসে, পড়াশুনায়ও নাকি ঠিকমত মনযোগ দিচ্ছে না।

অমৃত: ওকে জিজ্ঞেস করেছিলে, কেন সারাদিন এরকম মনমরা হয়ে থাকে?

অপরুপা: হ্যা... অনেক জিজ্ঞেস করেছি... কিন্তু কোন উত্তর দেয়নি। সম্পর্কে বোন হওয়া সত্ত্বেও সেই ছোটবেলা থেকে তাকে মায়ের স্নেহে লালন পালন করেছি, কখনোই মায়ের অভাব বুঝতে দেইনি। সবসময় মায়ের মত আগলে রেখেছি। তারপরও বুঝি আমি কখনো ওর মা হয়ে উঠতে পারিনি।

অমৃত: জানিনা... হয়তো তাই?

***

শিক্ষক ক্লাস নিচ্ছেন। ক্ষুদিরাম জানলার পাশে বসে আছে। সে উদাসীনভাবে বাইরের দিকে তাকিয়ে আছে। এমনসময় শিক্ষক ব্যাপারটি লক্ষ করেন।

শিক্ষক: (ক্ষুদিরামের উদ্দেশ্যে) ক্ষুদিরাম, কি ব্যপার? তোর কি ক্লাসে কোনই মনযোগ নেই?

ক্ষুদিরাম: (বসা অবস্থা থেকে দাঁড়িয়ে) স্যার... আমাকে কিছু বলছেন?

শিক্ষক: হ্যা, বল আমি এতক্ষণ তোদের কি বিষয়ে পড়াচ্ছিলাম?

ক্ষুদিরাম হতভম্ব হয়ে পড়ে, সে কোন উত্তর দিতে পারছে না; আমতা আমতা করতে

থাকে।

শিক্ষক: অপদার্থ কোথাকার? পড়াশুনায় তো একদম করিস না। ক্লাসেও তেমন মনযোগ দিস না। আমি বলতে পারি তোর দ্বারা কোন কিছুই হবে না।

এ কথা শুনে ক্লাসের অনেক ছাত্র হাসতে শুরু করে। ক্ষুদিরাম লজ্জা বোধ করে মাথা নত করে নেয়। দেশের কথা, মানুষের কথা ভাবতে গিয়ে সে পড়াশুনায় ঠিকমত মন বসাতে পারছে না। তাই তাকে সব সময় সব শিক্ষকের কাছ থেকেই 'অপদার্থ' শব্দটা শুনতে হয়।

***

6

ক্ষুদিরাম একদিন এক মন্দিরে যায়। মন্দিরে প্রবেশ করে ঘন্টা বাজিয়ে সে নমস্কার করে মন্দির থেকে বেরিয়ে আসবে এমন সময় সে দেখতে পায় মন্দির প্রাঙ্গনে কিছু লোক উপুর হয়ে শুয়ে শুয়ে বার বার প্রণাম করে দন্ডি কাটছে। এসব দেখে সে অবাক হয়।

ক্ষুদিরাম: (কৌতুহলে এক পুরোহিতের কাছে জানতে চায়) ঠাকুর মশাই, তারা এরকম করছে কেন?

পুরোহিত: তারা দন্ডি কাটছে।

ক্ষুদিরাম: কিন্তু কেন?

পুরোহিত: তাদের বিশ্বাস তারা এভাবে দন্ডি কাটলে ঈশ্বর তাদের অপরাধ ক্ষমা করে দেবে। তাদেরকে রোগব্যাধীসহ সব ধরণের পীড়া থেকে মুক্তি দেবে।

ক্ষুদিরাম : (কিছু একটা ভেবে) তাহলে আমিও তাই করবো।

পুরোহিত: (খানিকটা কৌতুহলে) কেন? তুমিও কি কোন রোগে ভুগছ নাকি?

ক্ষুদিরাম: (মুচকি হেসে) না আমি না। তবে এ দেশটা ভুগছে, গোলামীর রোগে। অ্নের গোলাম হয়ে থাকা, এ কী রোগ ব্যধীর চেয়ে কিছু কম? কতদিন আর আমরা এভাবে ব্রিটিশদের অধীনে পড়ে থাকবো? আগে আমাদের এ ব্যধী থেকে নিস্তার পেতে হবে।

পুরোহিত ক্ষুদিরামের কথা শুনে আবাক হয়ে তার দিকে তাকিয়ে থাকে। ক্ষুদিরাম মন্দির থেকে বেড়িয়ে এসে লোকগুলিকে অনুসরণ করে একইভাবে দন্ডি কাটতে থাকে, যেন সে পরাধীনতার গ্লানি থেকে মুক্ত হতে পারে।

***

শিক্ষকতার কাজে হেমচন্দ্র কানুনগো মেদিনীপুর এসেছে। হেমচন্দ্র তার সাইকেলে চেপে রাস্তা দিয়ে যাচ্ছে। রাস্তা থেকে একটু দূরে ক্ষুদিরাম আর কয়েকটা ছেলে বসে আছে। ক্ষুদিরাম দৌড়ে এসে তার সাইকেল আটকে দাঁড়ায়।

হেমচন্দ্র: কি ব্যপার, খোকা? তুমি আমার রাস্তা আটকে দাঁড়ালে কেন?

ক্ষুদিরাম: আপনার সঙ্গে আমার জরুরি কথা আছে।

হেমচন্দ্র: আমার সঙ্গে তোমার কি এমন জরুরি কথা থাকতে পারে?

ক্ষুদিরাম: (অত্যন্ত সহজভাবে) আমাকে একটা রিভলবার দিতে হবে।

হেমচন্দ্র: (ক্ষুদিরামকে ধমকে) রিভলবার? ইয়ার্কি করছো?

ক্ষুদিরাম: হ্যা, আমি জানি আপনার কাছে রিভলবার আছে। আপনি হেমচন্দ্র কানুনগো না?

হেমচন্দ্র: হ্যা... (মনে মনে ভাবে) আমার কাছে যে রিভলবার আছে এ ছেলেটা জানলো কিভাবে? আমি যে অস্ত্র পরিচালনার প্রশিক্ষণ দেই, নিশ্চয়ই লোকজনের কাছে ব্যপারটি জানাজানি হয়ে গেছে। আমাকে আরো সতর্ক হতে হবে।

ক্ষুদিরাম: কি অত ভাবছেন? ভয় পাবেন না, আমি ক্ষুদিরাম বোস। আমি কোন পুলিশের লোক নই?

হেমচন্দ্র: (অবাক হয়ে ভ্রু কুঁচকে) কি করবে তুমি রিভলবার দিয়ে?

ক্ষুদিরাম: (দৃঢ় কণ্ঠে) আমি অত্যাচারী সাহেবদের মেরে এদেশ থেকে তাড়াতে চাই। শুনেছি ওরা আমাদের উপর অনেক জুলুম করছে।

হেমচন্দ্র অবাক হয়ে ক্ষুদিরামের দিকে তাকিয়ে থাকে।

***

শীতের সকাল, কনে কনে ঠান্ডা। ক্ষুদিরাম বাড়ী থেকে বের হতে যাচ্ছে, এমন সময় ক্ষুদিরামের পরিচিত এক ভিক্ষুক লক্ষীনারায়ণ দাস সাহায্যের প্রত্যাশায় সেখানে এসে হাজির হয়।

লক্ষীনারায়ণ: দাদা, আমায় কিছু সাহায্য দেবে?

ক্ষুদিরাম লক্ষ করে লক্ষীনারায়ণ ছেঁড়া জামা কাপড় পড়ে আছে। ঠান্ডায় থর থর করে কাঁপছে। তাকে এমন অবস্থায় দেখে ক্ষুদিরামের বেশ মায়া হল। লক্ষীনারায়ণ ক্ষুদিরামের মুখের দিকে সাহায্যের প্রত্যাশায় তাকিয়ে থাকে।

ক্ষুদিরাম: (নিজে নিজে ভাবতে থাকে) কিভাবে সাহায্য করি তাকে? হ্যা, মনে পড়েছে বাবার দেয়া শালটা তো দিতে পারি। বেচারার কাজে লাগবে।

ক্ষুদিরাম নীরব থাকায় লক্ষীনারায়ণ তার কাছে কোন সাহায্য পাবেনা ভেবে সেখান থেকে চলে যেতে উদ্যত হয়।

ক্ষুদিরাম: দাঁড়াও লক্ষীনারায়ণ, যেওনা... একটু অপেক্ষা কর।

ক্ষুদিরামের কথা শুনে লক্ষীনারায়ণ দাঁড়ায়। ক্ষুদিরাম সাথে সাথে নিজের রুমে ঢুকে ট্রাঙ্ক থেকে তার বাবার দেয়া শালটা বের করে আনে। সে নিদ্বিধায় শালটা লক্ষীনারায়ণকে দিয়ে দেয়।

ক্ষুদিরাম : এই নাও ভাই, শালটা তোমাকেই দিলাম। তোমাকে দেবার মত আমার কাছে আর কিছু নেই।

লক্ষীনারায়ণ: (অবাক হয়ে) এটা আমাকে দিলে?

ক্ষুদিরাম: হ্যা... আমি এটা কখনো গায়ে দেইনি, আর কখনো গায়ে দেবো কিনা তাও জানিনা। বাবার শেষ স্মৃতি এ শালটা এতদিন অনেক যত্ন করে রেখে দিয়েছিলাম। আজ মনে হল তুমিই এর উপযুক্ত পাত্র, আর তাই
তোমাকেই এটা দিলাম।

লক্ষীনারায়ণ খুশি হয়ে সেখান থেকে চলে যায়। ক্ষুদিরাম কিছুক্ষণ তার দিকে নিস্পলক তাকিয়ে থাকে। এমন সময় তার বড় বোন অপরূপা পেছন থেকে এসে তার কাঁধে হাত রাখে। সে পেছন ফেরে তাকায়।

অপরূপা: কি করলি এটা? ছেলেটাকে বাবার দেয়া শালটা এভাবে দিয়ে দিলি? ভিখারী কি শাল গায়ে দেয়? ও তো এক্ষুণি এটা বেঁচে দেবে। এমন বোকামী কি কেউ করে?

ক্ষুদিরাম: দিদি, আমিও জানি এ শাল সে রাখবে না, বিক্রি করে দেবে। বিক্রি করে যে টাকাটা সে পাবে তাতে অন্ততঃ কয়েকদিন তার সংসার চালাতে পারবে। ট্রাঙ্কে থেকে নষ্ট হওয়ার চেয়ে যদি কারোর কোন উপকারে আসে তবে বরং বাবার স্মৃতির জিনিসটা বেশি সার্থক হবে।

অপরূপা: ক্ষুদি, আমি তোকে যতই দেখছি, ততই অবাক হচ্ছি।

অপরুপা অবাক দৃষ্টিতে ক্ষুদিরামের দিকে তাকিয়ে থাকে।

***

মেদিনীপুরের নিকটবর্তী গ্রাম জনার্দনপুর কাঁসাই নদীর বন্যায় ভেসে গেছে। ভিটেমাটি হারিয়ে দুর্গত, সহায়-সম্বল আশ্রয়হীন নিরন্ন মানুষ খোলা আকাশের নিচে এসে দাঁড়িয়েছে।

মানুষের দুঃখ-দূর্দশা এসব দেখে ক্ষুদিরাম তাদের পাশে এসে দাঁড়ায়। নিজের হাতে বাঁধে আশ্রয়কেন্দ্রের অস্থায়ী চালা ঘর।

ক্ষুদিরাম শিশু, বৃদ্ধ, অসহায় মানুষদের নিরাপদ আশ্রয় কেন্দ্রে যেতে সাহায্য করে।

ক্ষুদিরাম শহরের ঘরে ঘরে গিয়ে বর্ন্যার্তদের জন্য পুরোণো জামাকাপড় আর টাকা সংগ্রহ করতে থাকে।

দু'জন সঙ্গীর সাথে কাপড়ের বোঝা মাথায় নিয়ে ক্ষুদিরাম চলে আসে জনার্দনপুরে। সেসব বিতরণ করে বর্ন্যা-পীড়িত মানুষদের কাছে।

শান্তনু কুমার ধর

***

7

বঙ্গভঙ্গের বিরুদ্ধে এক প্রতিবাদ সভার আয়োজন করা হয়েছে। নেতারা ক্ষুব্ধ হয়ে বক্তব্য রাখছে।

জনৈক নেতা: ব্রিটিশ সরকার আবারো তাদের ষড়যন্ত্র শুরু করেছে।তারা বাংলার ঐক্যবদ্ধ আন্দোলনকে দমানোর জন্য বাংলাকে দু'ভাগ করছে। আমরা এ সিদ্ধান্ত মেনে নিতে পারছি না। আমরা [illegible] এর বিরুদ্ধে তীব্র প্রতিবাদ জানাই।

***

বিক্ষোভের স্বতস্ফূর্ত বহিঃপ্রকাশ ঘটে জনসভায়। পুলিশ বিক্ষুব্ধ জনতার উপর বেপরোয়া লাঠি চার্জ করে। ফলে প্রতিবাদের ভাষা হল প্রতিরোধ। দেশবন্ধু চিত্তরঞ্জন, রবীন্দ্রনাথ ঠাকুর সবাই মিছিল নিয়ে মাঠে নামলেন।

***

মেদিনীপুর বেইলী হল(বর্তমান রাজ নারয়ণ বসু পাঠাগার – ৫ অক্টোবর, ১৯০৫) প্রতিবাদ সভায় নেতারা বিলেতী পণ্য বর্জনের প্রস্তাব করে। অরবিন্দ, সত্যেন্দ্রনাথ সেখানে উপস্থিত আছে।

অরবিন্দ: আমাদের উপর ওদের সিদ্ধান্ত এভাবে চাপিয়ে দেবে আর আমরা তা মুখ বুঝে মেনে নেবো তা হবে না। ওদেরকে উচিত শিক্ষা দিতে হবে।আজ থেকে সব বিলতী পণ্য বর্জন করা হবে। আমরা আর কেউ
বিলেতী পোশাক পড়বো না। ওদের পরিচলিত স্কুল, কলেজ, হাসপাতালসহ কোন প্রতিষ্ঠানে যাবো না।

অরবিন্দের কথায় সাড়া দিয়ে সাথে সাথে কয়েকজন তাদের পরিহিত বিলেতী পোশাক খুলে ফেলে।

যুগান্তর, সন্ধ্যা, নবশক্তি, হিতবাদী, সঞ্জীবনী প্রভৃতি পত্রিকা আন্দোলনের প্রচার শুরু করে। ছাত্ররা দলে দলে বিদেশী স্কুল ত্যাগ করে, পিকেটিং আন্দোলনে মনেপ্রাণে যুক্ত হয়ে পড়ে। সবার মুখে 'বন্দে মাতরম' গান ধ্বনিত হতে থাকে।

সরকার ১০ অক্টোবর কার্লাইল সার্কুলার জারি করে, নিষিদ্ধ হল পিকেটিং ও বন্দে মাতরম গান।

১৬ অক্টোবর বংগ ভংগের সরকারি আদেশ ঘোষিত হল। প্রতিবাদে সবাই হরতাল পালন করে, বন্দে মাতরম গেয়ে সর্বস্তরের মানুষ কলকাতায় শোভাযাত্রা করে।

***

অমৃত চেয়ারে বসে পত্রিকা পড়ছে, তার মন খুব খারাপ। এমন সময় সেখানে অপরূপা আসে। ক্ষুদিরামও দরজার কাছে দাঁড়িয়ে আছে।

অপরূপা: (স্বামীর মন খারাপ দেখে) কি হয়েছে গো? তুমি এরকম মন খারাপ করে আছ কেন?

অমৃত: ব্রিটিশ শাসকরা বুঝতে পেরেছে যে বাংলার ভাষা, সাহিত্য, সংস্কৃতিকে কেন্দ্র করে যে ঐক্যবদ্ধ আন্দোলন গড়ে উঠছে, তাকে অঙ্কুরেই বিনষ্ট না করতে পারলে তাদের সাম্রাজ্যবাদী শাসন আর এদেশে বেশীদিন টিকতে পারবে না। তাই লর্ড কার্জন বঙ্গভঙ্গের নামে বাংলাকে দু'ভাগে বিভক্ত করার সিদ্ধান্ত নিয়েছেন। কিন্তু কেউই তার এ সিদ্ধান্তকে মেনে নেয়নি। প্রতিবাদ মুখর হয়ে উঠেছে সারা বাংলার মানুষ।

অপরূপা: ওমা... সে কী কথা? তারা কেন বাংলাকে এভাবে বিভক্ত করবে?

অমৃত: এ দেশটা যেন মগের মুল্লুক। লর্ড কার্জন স্পষ্টভাবে জানিয়ে দিয়েছেন 'Partition of Bengal is settled fact' সুতরাং এ সিদ্ধান্ত না মানার কোন উপায় নেই। ওদের যা ইচ্ছা তাইতো হবে, আমাদের ইচ্ছা-অনীচ্ছার তো কোন দাম নেই। ওদের কোন সিদ্ধান্ত মানলাম কি মানলাম না তাতেও ওদের কিছু আসে যায়না।

অপরূপা: দেড়শ বছর তো পার হলো, আর কতদিন এভাবে ভীন দেশীদের শাসন মেনে চলতে হবে? আর কতদিন ওদের কাছে গোলাম হয়ে থাকতে হবে?

ক্ষুদিরাম: (রেগে গিয়ে) আর বেশি দিন নয় দিদি, খুব শীঘ্রই উনাদের এদেশ থেকে তাড়ানোর ব্যবস্থা করবো। প্রয়োজনে মেরে মেরে তাড়াতে হবে।

ক্ষুদিরামের মুখে এ কথা শুনে অপরূপা ও অমৃত হতভম্ব হয়ে যায়। ক্ষুদিরাম অন্য ঘরে চলে যায়।

অমৃত: দেখ অপরুপা, আমার কিন্তু ক্ষুদির হাব-ভাব মতি-গতি খুব ভাল ঠেকছে না। কখন কোন ঝামেলায় জড়িয়ে পড়ে তার কোন ঠিক ঠিকানা নেই। ওকে একটু চোখে চোখে রেখো।

অপরূপা: হ্যা, ঠিকই বলেছো। তাই দেখছি।

***

ক্ষুদিরাম এক ইংরেজ সাহেবের বাড়ীর সামনে দিয়ে যাচ্ছে। বাড়ীর সামনের গেইটের একটা সাইনবোর্ডের দিকে তার নজড় পড়ে। কাঠের সাইনবোর্ডে লেখা আছে "DOGS AND INDIANS ARE NOT ALLOWED". সাইনবোর্ডটা দেখে ক্ষুদিরামের মেজাজ গরম হয়ে যায়। সে সাইনবোর্ডটা খুলে পায়ের তলায় মুচড়ে ভেঙ্গে ফেলে।

দূর থেকে বাড়ির পাহারাদার তেড়ে আসে। তা দেখে ক্ষুদিরাম তাকে বৃদ্ধাঙ্গুলি দেখিয়ে হাসতে হাসতে দৌড়ে পালিয়ে যায়।

***

অরবিন্দ ঘোষ, রাজা সুবোধ চন্দ্র মল্লিক, তারক নাথ পালিত, মহারাজা মণীন্দ্রচন্দ্র নন্দী প্রমুখ উপস্থিত রয়েছেন নব প্রতিষ্ঠিত ন্যাশনাল কলেজ প্রাঙ্গনে।

সকলের উপস্থিতিতে অরবিন্দ ঘোষ ফিতা কেটে কলেজের উদ্বোধন করেন।

অরবিন্দ: (খুশি মনে) আমাদের ছেলেদের আর বিদেশীদের দ্বারা পরিচালিত কলেজে পড়তে যেতে হবে না। আমরা আজ থেকে জাতীয় মহাবিদ্যালয়ের যাত্রা শুরু করতে যাচ্ছি। এর ফলে আমাদের স্বদেশী আন্দোলন আরো বেগবান হবে।

সুবোধ: এ কলেজ এদেশের সকল দেশপ্রেমিক শিক্ষার্থীর জন্য সবসময় উন্মুক্ত থাকবে।

তারকনাথ: (উপস্থিত শিক্ষার্থীদের উদ্দেশ্য করে) তোমাদের মধ্য থেকে যারা যারা বিদেশী শিক্ষা প্রতিষ্ঠান ছেড়ে এখানে এসেছো, আজকের পর থেকে তোমরা এখানেই তোমাদের পড়াশুনা চালিয়ে যেতে পারবে।

সুবোধ: (সঙ্গীদের দিকে তাকিয়ে) কিন্তু অধ্যক্ষের দায়িত্ব কে নেবেন?

মণীন্দ্র: অরবিন্দ দা অধ্যক্ষের দায়িত্ব নেবেন।

সুবোধ: (অরবিন্দের মুখের দিকে তাকিয়ে) হ্যা দাদা, আপনাকেই যে এ দায়িত্ব নিতে হবে।

তারকনাথ সহ সকলেই সুবোধ ও মণীন্দ্রের কথায় সায় দেয়।

অরবিন্দ: হ্যা, ঠিক আছে। আমি এ দায়িত্ব নিলাম।

৪

শিক্ষক জ্ঞানেন্দ্রনাথ ক্লাস নিচ্ছে। ক্ষুদিরামের ক্লাসে কোন মনযোগ নেই। সে লুকিয়ে লুকিয়ে স্বামী বিবেকানন্দের বই পড়ছে। শিক্ষক জ্ঞানেন্দ্রনাথ ব্যপারটি লক্ষ করেন। কিন্তু তিনি কোন কিছু না বলে ক্লাস চালিয়ে গেলেন।

জ্ঞানেন্দ্রনাথ: (ক্লাস শেষে ক্ষুদিরামকে) ক্ষুদি তুই একটু আমার সাথে দেখা করিস তো... তোর সাথে কিছু কথা আছে।

***

ক্ষুদিরাম তার শিক্ষক জ্ঞানেন্দ্রনাথের পিছু পিছু হাটছে। শিক্ষকের প্রতিটি কথা সে অত্যন্ত মনযোগ দিয়ে শুনছে।

জ্ঞানেন্দ্রনাথ: তুই তখন ক্লাসে লুকিয়ে লুকিয়ে স্বামী বিবেকানন্দের বই পড়ছিলি, তাইনা?

ক্ষুদিরাম: হ্যা গুরুজী। আপনি কি করে বুঝলেন?

জ্ঞানেন্দ্রনাথ: আমি ঠিকই দেখেছি। তোর বুঝি এসব বই পড়তে খুব ভাল লাগে?

ক্ষুদিরাম: হ্যা, এই বইগুলি পড়লে অনেক অণুপ্রেরণা পাই। শুধু মনে একটাই আক্ষেপ ছিল, যদি এদেশ - এ মাটির জন্য কিছু করতে পারতাম, তবে আমার জীবনটা অনেক সার্থক হয়ে যেতো।

জ্ঞানেন্দ্রনাথ ক্ষুদিরামের কথা শুনে কিছুক্ষণ তার মুখের দিকে তাকিয়ে থাকে। ক্ষুদিরামের মধ্যে উদ্যম আর দেশের প্রতি উৎসাহ দেখে খুশি হয়। মনে মনে স্থির করেন,

এ ছেলেটাকে কাজে লাগাতেই হবে।

জ্ঞানেন্দ্রনাথ: তুই কি সত্যিই দেশের জন্য কিছু করতে চাস? তবে তোকে সত্যেনের সাথে পরিচয় করে দেবো। সে তোকে ঠিক কোন না কোন কাজে লাগিয়ে দেবে।

ক্ষুদিরাম একথা শুনে অনেক খুশি হয়।

***

সত্যেন্দ্রনাথ ও আরো অনেকে যুগান্তর ক্লাবে বসে আড্ডা দিচ্ছে। এমন সময় জ্ঞানেন্দ্রনাথ সেখানে ক্ষুদিরামকে তার সঙ্গে নিয়ে আসে।

সত্যেন্দ্রনাথ: (উঠে দাঁড়ায়) আরে জ্ঞান দা, তুমি এখানে?

জ্ঞানেন্দ্রনাথ: সত্যেন তোমাকে তো আগেই একটা ছেলের কথা বলেছিলাম। এ সেই ছেলে। ওর নাম ক্ষুদিরাম। আজ থেকে সেও তোমাদের দলে যোগ দেবে। দেশের জন্য কাজ করার প্রচন্ড আগ্রহ ছেলেটার।

ক্ষুদিরাম ক্লাব ঘরের দিকে চারদিকে তাকাতে থাকে।

সত্যেন্দ্রনাথ: ঠিক আছে, আজ থেকে ও আমাদের একজন নতুন সঙ্গী।

ক্ষুদিরাম: সত্যেনদা, আপনি আমাকে যে কাজই দিন না কেন, আমি তা করবো।

সত্যেন্দ্রনাথ: (খুশি হয়ে) হ্যা, অবশ্যই। তোর অনেক কাজ আছে ভাই।

জ্ঞানেন্দ্রনাথ: ক্ষুদি আজ থেকে যেহেতু দেশের কাজে ব্রতী হয়েছিস, নিয়মিত শরীর চর্চা করবি। ওদের কাছ থেকে আত্মরক্ষার বিভিন্ন কৌশল রপ্ত করে নিবি। তোর উপর আমার অনেক আশীর্বাদ রইলো। তুই একদিন দেশের জন্য অনেক বড় কিছু করবি।

ক্ষুদিরাম: (হাসি মুখে) জ্বী গুরুজী, দেশের জন্য আমি যেকোন ধরণের কাজ করতে রাজী আছি।

জ্ঞানেন্দ্রনাথ খুশি হয়ে সেখান থেকে চলে যায়।

সত্যেন্দ্রনাথ: তাহলে ক্ষুদি কাল থেকে তুই আমাদের ব্যায়ামের আখড়ায় গিয়ে নিয়মিত শরীরচর্চা আর আত্মরক্ষা কৌশল প্রশিক্ষণ শুরু করবি। তারপর তোকে হেমচন্দ্র দা'র কাছে নিয়ে যাবো বন্দুক চালানো শেখার জন্য।

ক্ষুদিরাম: (খুশি হয়ে) হেমচন্দ্র কানুনগোর কাছে? আমিও বন্দুক চালানো শিখতে পারবো?

সত্যেন্দ্রনাথ: হ্যা, তুই তুই উনাকে চিনিস নাকি?

ক্ষুদিরাম: হ্যা, অনেক আগে থেকেই চিনি। তমলুকে স্কুলের কাজেতে প্রায়ই যেতেন। আমি একদিন উনার কাছে সাহেব মারবো বলে রিভলবার চেয়েছিলাম। উনি তখন ধমক দিয়েছিল।

সত্যেন্দ্রনাথ: তাই নাকি? ঠিক আছে, কাল সকালে সময়মত এখানে চলে আসিস। আমি সব ব্যবস্থা করে দেবো।

ক্ষুদিরাম: জ্বি, আমি সময় মত এখানে চলে আসবো।

ক্ষুদিরাম ক্লাব ঘর থেকে বেড়িয়ে পড়ে।

ক্ষুদিরাম বিপ্লবীদের ব্যায়ামের আখরায় যোগ দিয়ে নিয়মিত শরীর চর্চা করতে থাকে। কখনো দৌড়াচ্ছে বা কখনো বিভিন্ন কায়দায় ব্যায়াম অনুশীলন করছে।

ক্ষুদিরাম লাঠি, ছোরা আর তলোয়ার নিয়ে লড়াইয়ের বিভিন্ন কৌশল আয়ত্ত করে নেয়।

ক্ষুদিরাম হেমচন্দ্র কানুনগোর কাছ থেকে বন্দুক চালনা শিখছে। দূরে লক্ষ্যবস্তু নির্ধারণ করা আছে। হেমচন্দ্র কিভাবে টার্গেট করতে হয় নিজ হাতে ধরে শিখিয়ে দেন। কয়েকবার চেষ্টার পর ক্ষুদিরাম সফলতা পায়।

প্রশিক্ষিত হবার পর ক্ষুদিরাম বিভিন্ন জায়গায় বিশেষ করে গ্রামাঞ্চলে গিয়ে অন্যদেরও সংগঠিত করে, শরীর চর্চা, লাঠিখেলা, অস্ত্র পরিচালনার প্রশিক্ষণ দিতে থাকে।

***

ভগবানপুর গ্রাম। ক্ষুদিরাম গ্রামের বিভিন্ন ছেলেদের লাঠিখেলার কৌশল শেখাচ্ছে। এমন সময় পনেরো বিশজনের একদল লাঠিয়াল সেখানে এসে হাজির হয় ক্ষুদিরামের রণকৌশল দেখার জন্য।

তাদের দলনেতা ক্ষুদিরামের দিকে তাকিয়ে হাসতে থাকে। কারণ তারা অত্যন্ত মোটাসোটা পালোয়ান, আর পক্ষান্তরে ক্ষুদিরাম সামান্য কিশোর বালক।

লাঠিয়াল দলনেতা শুনেছি তোকে নাকি কেউ লাঠির খেলায় হারাতে পারেনি। তুই আমাদের সাথে লড়ে উঠতে পারবি তো।

ক্ষুদিরাম: (মুচকি হেসে) লক্ষ্য আর একাগ্রতা যদি ঠিক থাকে তবে কেন পারবো না?

লাঠিয়াল দলনেতা: তবে হয়ে যাক আজ চ্যালেঞ্জ।

ক্ষুদিরাম লাঠিয়ালদের চ্যালেঞ্জ গ্রহণ করে তাদের সাথে লাঠিখেলা শুরু করে দেয় এবং একে একে সবাইকে পরাস্ত করে দেয়। লাঠিয়াল দলনেতা অবাক হয়ে যায়, ক্ষুদিরাম হাসতে থাকে।

***

অরবিন্দ ঘোষ নিচে মাদুরে বসে ভক্তি সহকারে শ্রীমদ্ভাগবত গীতা পাঠ করছে। সত্যেন বসু, বারিন্দ্র ঘোষ, ক্ষুদিরাম বসু, প্রফুল্ল চাকীসহ আরো কয়েকজন তার কাছাকাছি বসে মনযোগ দিয়ে গীতা পাঠ শুনছে।

অরবিন্দ: (গীতা পাঠ করছে) যদা যদাহি ধর্মস্য গ্লানির্ভবতি ভারত, অভ্যুর্থানাম ধর্মস্য তদাৎমানাম শ্রীযামীহম। পরিত্রাণায় সাধুণাম, বিনাশায়ে চ দুঃস্কৃতাম, ধর্মসংস্থাপনায় সম্ভবামি যুগে যুগে।।

ক্ষুদিরাম গীতার এ শ্লোকটি শোনা মাত্রই নিজের মধ্যে অন্য রকম এক উৎসাহ বোধ

করে।

ক্ষুদিরাম: (নিজে নিজে একধরণের পণ করে) ইংরেজরা আমাদের উপর যে শোষণ-নিপীড়ন আর অধর্ম করছে, আমাকে অচিরেই তা বন্ধ করতে হবে। এদেশের নিরীহ মানুষকে তাদের হাত থেকে রক্ষা করতেই হবে। এসব দুষ্টদের দমন করতেই হবে। এদেশকে রক্ষা করতে যতবার প্রয়োজন আমি জন্ম নেবো।

ক্ষুদিরাম স্বেচ্ছাসেবকদের সংগঠিত করে দলবদ্ধ ভাবে পিকেটিং করা শুরু করে।

ক্ষুদিরাম বিভিন্ন জায়গায় সবাইকে উদ্বুদ্ধ করে বিলেতী বস্ত্র ত্যাগ করতে আর তারা এসব বস্ত্রে আগুন লাগাতে থাকে।

ক্ষুদিরাম দলবদ্ধ ভাবে বিদেশী পণ্য বোঝাই নৌকা জলে ডুবিয়ে দিতে থাকে। ক্ষুদিরাম বিলেতী চিনি ও লবণ ধ্বংস করতে থাকে।

***

ক্ষুদিরামের বোনের সাথে পাশের বাড়ির এক মহিলা কুসুম কুমারীর অনেক সখ্যতা ছিল। একদিন সে ক্ষুদিরাম ও তার ভাগ্নে ললিতকে তার বাড়িতে খাওয়ার নিমন্ত্রণ করে। তারা দু'জনে মহিলার বাড়িতে খেতে যায়। মহিলা সাদরে আপ্যায়ন করে তাদের খেতে বসতে দেয়।

কুসুম কুমারী: তোমরা আমার বাড়িতে আসায় আমি খুব খুশি হয়েছি।

হঠাৎ মহিলার হাতে বিলেতি চুড়ি পড়া দেখে ক্ষুদিরাম রেগে চলে আসতে উদ্যত হয়। ভদ্রমহিলা ও ললিত অবাক হয়ে যায়।

কুসুম কুমারী : (ভয়ে ভয়ে ক্ষুদিরামকে জিজ্ঞেস করে) ভাই, হঠাৎ এভাবে উঠে গেলে যে, আমি কি কোন ভুল করলাম?

ক্ষুদিরাম: দিদি, কিছু মনে করবে না। তুমিও জান যে, আমি স্বদেশী আন্দোলনের সাথে ওতপ্রোত ভাবে জড়িত। যখন জীবনে ব্রত নিয়েছি সব জায়গায় সব ধরণের বিদেশী পণ্যের বর্জন করে যাবো। তখন তোমার কারণে আজ আমার সে ব্রত ভাঙার কোন

লেশ মাত্র ইচ্ছা নেই।

কুসুম কুমারী: (কিছুটা অবাক হয়ে) কোথায় বিদেশী পণ্য?

ক্ষুদিরাম: নিজের দু'হাতে ভাল করে চেয়ে দেখ।

কুসুম কুমারী: (ভাল করে দু'হাতে খেয়াল করে) ও আচ্ছা, এবার বুঝেছি। তোমার আপত্তি এই কাচের চুড়িগুলিতে তাইতো?

ক্ষুদিরাম: হ্যা...

ললিত ওদের কথোপকথন শুনে কিছুটা হতভম্ব হয়ে আছে। কুসুমকুমারী মাটিতে দু'হাতে আছাড় দিয়ে সবগুলি বিলেতী চুড়িগুলি ভেঙ্গে ফেলে। ক্ষুদিরাম অবাক হয়।

কুসুম কুমারী: দেখ, আমি তোমার সামনেই আমার হাতের সব চুড়ি ভেঙ্গে ফেলেছি। আমার হাতে আর কোন বিলেতী পণ্য নেই। এখন আর নিশ্চয়ই আমার হাতের রান্না খেতে তোমার কোন আপত্তি থাকার কথা নয়।

ক্ষুদিরাম: না... আর আপত্তি নেই।

কুসুম কুমারী: দেখছি তোমরা যেভাবে ব্রত নিয়েছ তোমরা একদিন সফল হবেই। আমি কথা দিচ্ছি আমি আর কোন বিলেতী পণ্য ব্যবহার করবো না।

ক্ষুদিরাম: (খুশি হয়ে) হ্যা, দিদি... আমরা যদি এভাবে ওদেরকে সবক্ষেত্রে বর্জন করতে পারি... তাহলে তারা একদিন বুঝতে পারবে আমরা আর তাদের রাজত্বে গোলাম হয়ে থাকতে চাইনা... আমরা আমাদের স্বরাজ চাই।

ক্ষুদিরামের মুখে এ বক্তব্য শুনে কুসুম কুমারী অনেক প্রভাবিত হয়।

কুসুম কুমারী: আমি তোমাদের পাশে আছি। আজকের পর থেকে আমিও অন্যদের এভাবে উৎসাহিত করবো, যাতে তারা তোমাদের আন্দোলনকে বেগমান করতে বিলেতী পণ্য বাদ দিয়ে শুধু আমাদের দেশীয় পণ্য ব্যবহার করে।

মহিলা ক্ষুদিরাম ও তার ভাগ্নে ললিতকে যত্ন সহকারে খাবার পরিবেশন করতে থাকে।

***

রাষ্ট্রীয় সম্মেলন - মেদিনীপুর (৭ ডিসেম্বর, ১৯০৭ সাল)।রাষ্ট্রীয় সম্মেলনের ব্যবস্থাপনার দায়িত্ব থাকে সত্যেন্দ্রনাথের উপর। সত্যেন্দ্রনাথ প্রতিনিধি, অতিথীদের থাকা খাওয়া, দেখাশুনা, কর্মী ও সেচ্ছাসেবকদের পরিচালনার দায়িত্ব ক্ষুদিরামকে অর্পণ করে। সে এ দায়িত্ব অত্যন্ত নিষ্ঠা সহকারে পালন করে।

সম্মেলন শুরু হলে আপসকামী ব্যক্তিদের নিস্ক্রিয় মনোভাব ও আদর্শগত মতঐক্য না হওয়ায় জাতীয় রাজনীতিতে আপসহীন বিপ্লবীদের কয়েকজন সত্যেন্দ্রনাথ, ক্ষুদিরাম, দিগম্বর নন্দ সভা ছেড়ে উঠে দাঁড়ায়। তাদের মধ্যে বাগ-বিতন্ডা বেধে যায়।

সত্যেন্দ্রনাথ: আজকের এ সম্মেলনেই স্বরাজের দাবি ঘোষণা করতে হবে। আমরা আর এই বিদেশীদের শাসন মানছি না।

আপসকামী রাজনৈতিক ব্যক্তিদের একজন উঠে দাঁড়ায়।

জনৈক ব্যক্তি: আমরাও তা চাই, তবে...

ক্ষুদিরাম: (রেগে গিয়ে) তবে কি? তাদের সাথে আর কোন আপস নয়। আমাদের স্বরাজ চাই।

দিগম্বর: আমাদের দেশ আমরাই গৌঢ় ফিরিঙ্গিদের চেয়ে ভাল চালাতে পারবো।

এক পর্যায়ে সত্যেন্দ্রনাথ বসু সভা ছেড়ে চলে যায়। ক্ষুদিরামও তাকে অনুসরণ করে।

৭

কয়েকজন তরুণ 'বন্দে মাতরম' স্লোগান দিচ্ছে। এমন সময় একজন পুলিশ সার্জেন্ট রেগে গিয়ে তাদের নির্মমভাবে এলোপাথারি লাঠিপেটা শুরু করে। দূর থেকে এ দৃশ্য দেখে এক কলেজ ছাত্র সুশীল কুমার সেন তা সহ্য করতে পারেনি। সে প্রতিবাদ করতে এগিয়ে যায়।

সুশীল: (পুলিশের উদ্দেশ্যে) তুমি ওদেরকে এভাবে মারছো কেন?

পুলিশ: (রেগে গিয়ে) Who are you, scoundrel?

সুশীল: (মুচকি হেসে) দাঁড়াও তোমায় দেখাচ্ছি, আমি কে?

সে সাথে সাথে পুলিশের মুখে ঘুষি মারে, পুলিশের হাতের লাঠিটা ছিনিয়ে নিয়ে উলটো পুলিশকে পিটতে শুরু করে। তা দেখে তরুণরা মনে মনে খুশি হয়। পুলিশ চেঁচামেচি শুরু করে।

পুলিশ: (জোড়ে চিৎকার করে) Help Me...

পুলিশটির চিৎকার চেঁচামেচি শুনে আরো কয়েকজন পুলিশ সেখানে হাজির হয়। তারা সুশীলকে ধরে ফেলে। তাকে গ্রেফতার করে থানায় নিয়ে যায়।

কলকাতার ফৌজদারি আদালত - দিন

সুশীলকে ম্যাজিস্ট্র্যাট কিংসফোর্ডের ফৌজদারি আদালতে হাজির করা হয়। কিংসফোর্ডে অনেক নির্মম ও নির্দয় প্রকৃতির লোক।

কিংসফোর্ড: (ভৎসণা করে) You have broken the law by attacking a

British Police who was on his duty to maintaining peace।

সুশীল: (সাহস করে) আপনাদের পুলিশ যদি এতই শান্তির রক্ষক হয়, তাহলে কেন নিরীহ কিছু মানুষকে সে লাঠিপেটা করলো।

কিংসফোর্ড তার মুখের উপর এভাবে জবাব দেওয়ায় সুশীলের উপর প্রচন্ড রেগে যায়।

কিংসফোর্ড: I order a punishment of fifteen lashes. Take him away immediately.

কিংসফোর্ডের আদেশ অনুযায়ী পুলিশ সুশীলকে ধরে নিয়ে নির্মমভাবে বেত্রাঘাত করতে থাকে। বেদম প্রহার সত্বেও সে হাসিমুখে সব আঘাত সহ্য করে আর মুখে 'বন্দে মাতরম' উচ্চারণ করতে থাকে। এতে আরো ক্ষীপ্ত হয়ে পুলিশ জোড়ে জোড়ে কশাঘাত করতে থাকে।

সুশীলকে হাজত থেকে মুক্তি দেওয়ার পর খুশি হয়ে ছাত্র-জনতা তাকে গলায় মালা পড়িয়ে তাদের কাঁধে করে তার বিদ্যাপীঠ ন্যাশনাল কলেজে নিয়ে যায়। তারা সুশীলের মুক্তি উপলক্ষে একটি সভা ডেকেছে।

সভায় বর্ষীয়ান নেতা সুরেন্দ্রনাথ ব্যানার্জী, কলেজের অধ্যক্ষ অরবিন্দ ঘোষ উপস্থিত থাকে, সুরেন্দ্রনাথ সুশীলকে তার দুঃসাহসিক কাজের জন্য একটি স্বর্ণের মেডেল পড়িয়ে দেয়।

সুরেন্দ্রনাথ: (অত্যন্ত প্রশংসা করে) সুশীল, যে সাহস দেখিয়েছে তা সত্যিই অসাধারণ। সে পুলিশের নাক ফাটিয়ে দেখিয়ে দিয়েছে আমাদের মুখ বুঝে মার খাওয়ার দিন শেষ। এখন থেকে তাই ওদেরকেও মারের বদলে মার খেতে হবে। কিংসফোর্ডের আদেশে পুলিশ সুশীলের উপর যে নির্মম অত্যাচার চালিয়েছে আমরা তার তীব্র নিন্দা জানাই।

অরবিন্দ: আমরা সুশীলের মুক্তির আনন্দে আগামীকাল ন্যাশনাল কলেজ বন্ধ রাখার সিদ্ধান্ত নিয়েছি। বল, বন্দে মাতরম।

সবাই একসাথে 'বন্দে মাতরম' স্লোগান দিতে থাকে।

***

ক্ষুদিরাম ও ললিত তাদের ঘরে বসে কথা বলছে আর নানা মজা করছে। এমন সময় সেখানে হঠাৎ কুসুম কুমারী আসে। ক্ষুদিরামের হাতে একটা রিভলবার আছে, সে কুসুম কুমারীকে দেখে ঘাবড়ে গিয়ে সাথে সাথে সেটা হাতের পেছনে লুকিয়ে ফেলে। কুসুম কুমারী ব্যপারটি খেয়াল করে।

কুসুম কুমারী: কি ভাই, আমাকে দেখে কি লুকালে?

ক্ষুদিরাম: না না, কি লুকাবো?

কুসুম কুমারী: (মুচকি হেসে) ও... ভেবেছো আমি কিছুই দেখিনি তাইতো? বন্দুক নিয়ে তো সব ছেলেরাই খেলা করে। ওটা আর লুকাতে হবে না। তোমরা খেলা করো।

ক্ষুদিরাম: ঠিক আছে।

ক্ষুদিরাম রিভলবারটি বের করে আর কুসুম কুমারীকে তাক করে। কুসুম কুমারী মজা ভেবে হাসতে থাকে।

কুসুম কুমারী: দেখো, আমি এসব খেলনা বন্দুক দেখে ভয় পাইনা।

ক্ষুদিরাম: কুসুম দিদি, কে বলেছে তোমাকে এটা খেলনা বন্দুক?

ললিত: মাসি, এটা কিন্তু খেলনা বন্দুক নয়। মামার হাতের বন্দুকটা সত্যিকারের বন্দুক।

কুসুম কুমারী ভয় পেয়ে যায়। সে ভয়ে থর থর করে কাঁপতে থাকে। ক্ষুদিরাম কুসুম কুমারীর অবস্থা দেখে বন্দুকটা সরিয়ে নেয়।

ক্ষুদিরাম: কি কুসুম দিদি? সত্যিকারের বন্দুক জেনে ভয় পেয়ে গেলে? তোমার ভয় পাওয়ার কোন কারণ নেই। এটা তোমাকে মারার জন্য নয়।

কুসুম কুমারী: ক্ষুদি, তুমি এ রিভলবার কোথায় পেলে? এটা এভাবে হাতে নিয়ে রেখেছো কেন? যদি কখনো ভুলে গুলি চালিয়ে ফেলো? আর পুলিশ জানতে পারলে তো তোমার খবর আছে।

ক্ষুদিরাম: গুরুজীর কাছ থেকে নিয়ে এসেছি। ইংরেজ সাহেবদের মারার জন্য।

কুসুম কুমারী: তুমি কি ওদেরকে মারতে পারবে? ওদের তো অনেক ক্ষমতা।

ক্ষুদিরাম: অবশ্যই পারবো। আমাদের দেশে থেকে ওরা কি আমাদের সাথে লড়ে টিকতে পারবে। আমরা মাথা নেড়ে দাঁড়ালে ওদের ক্ষমতা তো দূরের কথা, ওদের কোন অস্তিত্বই থাকবে না।

কুসুম কুমারী ও ক্ষুদিরামের কথা ললিত চুপচাপ শুনতে থাকে।

কুসুম কুমারী: (মনে মনে ভাবে) না... এ ছেলে তো দেখছি, একদিন মারাত্মক কোন কিছু করে বসবে। (ললিতকে উদ্দেশ্য করে) ক্ষুদির কাছে যে বন্দুক আছে তোর বাবা-মা কি জানে?

ললিত: না। শুধু আমিই জানি।

ক্ষুদিরাম: দিদি আর দাদা বাবুকে তোমরা কিছু বলো না।

কুসুম কুমারী: ঠিক আছে◌, বলবো না। ।

এমন সময় পাশের ঘর থেকে থেকে অপরূপা কুসুম কুমারীকে ডাকতে থাকে। অপরূপা দেখে ফেলতে পারে এই ভয়ে ক্ষুদিরাম রিভলবারটি টেবিলের ড্রয়ারে ঢুকিয়ে রাখে।

***

এপ্রিল, ১৯০৮ সাল, কোলকাতায় এক সদস্যের বাড়িতে অতি গোপনে গুপ্ত সমিতির এক জরুরি সভা বসে। সভায় অরবিন্দ ঘোষ, সুবোধ মল্লিক, চারু দত্ত ছাড়াও পরেশ সহ আরো অনেক তরুণ সদস্যও উপস্থিত আছে।

অরবিন্দ: তোমরা সবাই দেখেছ যে কিংসফোর্ড কতটা নির্মম আর নিষ্ঠুর। তার আদেশেই কলেজ ছাত্র সুশীলকে পুলিশ নিষ্ঠুরভাবে বেত্রাঘাত করেছে। আমার মনে হচ্ছে কিংসফোর্ডকে এখনি কোন উচিত শিক্ষা দেওয়া উচিত।

সুবোধ: কিংসফোর্ডকে হত্যা করা উচিত।

চারু: হ্যা, কিংসফোর্ডকে হত্যা করতেই হবে।

সুবোধ: কিন্তু কিভাবে তাকে হত্যা করা যায়।

পরেশ: আমরা বই বোমার সাহায্য নিতে পারি।

অরবিন্দ: হুমম্, পরেশ ঠিক বলেছে। আমরা কিংসফোর্ডের অফিসে বই বোমা পাঠিয়ে দেখতে পারি।

সুবোধ: যদি এভাবে কিংসফোর্ডকে মারা না যায়।

অরবিন্দ: বোমা ফাটলে কিছুটা ধামাকা তো হবেই আর সেই ধামাকার আওয়াজ ব্রিটিশ সাম্রাজ্যের কানেও পৌছবে।

চারু: হুমম্, দেখা যাক আমরা কি করতে পারি। কিন্তু কিংসফোর্ডের অফিসে কে বই বোমা রেখে আসবে?

পরেশ: আমিই রেখে আসব।

অরবিন্দ: হুমম... কিন্তু অনেক সাবধানে কাজটি করতে হবে।

পরেশ: আমি পারবো।

অরবিন্দ: তাহলে পরেশ কিংসফোর্ডের অফিসে বই বোমা রেখে আসছে।

সুবোধ: ঠিক আছে, কিংসফোর্ডকে মারতে পারলেই হলো।

গুপ্ত সমিতির সিদ্ধান্ত অনুযায়ী বিপ্লবীদের বোমা বিশেষজ্ঞ উল্লাস কর একটা বিশালাকার বইয়ের মাঝখানে বোমা লাগিয়ে দেয়। তারপর বইটিকে ভালভাবে প্যাকেট করে কিংসফোর্ডের জন্য পার্সেল তৈরি করে।

পার্সেলটি পরেশের হাতে তুলে দেওয়া হয়।

পরেশ ডাক পিয়নের ছদ্মবেশে পুলিশের নজর এড়িয়ে কিংসফোর্ডের অফিসে বোমা সন্নিবিষ্ট বইয়ের প্যাকেট নিয়ে যায়।

অফিসের একজন স্টাফ পরেশের হাত থেকে নিয়ে পার্সেলটি কিংসফোর্ডের কক্ষে টেবিলের উপর রেখে আসে।

10

ক্ষুদিরামের চোখে ঘুম নেই। একই বিছানায় তার পাশে ভাগ্নে ললিত দিব্যি ঘুমিয়ে আছে। কিছু একটা ভাবনায় তার ঘুম হয়নি। সে ভাগ্নেকে পাশ কাটিয়ে ঘুম থেকে উঠে পড়ে।

ক্ষুদিরাম: (নিজে নিজে ভাবে) আমি এখানে থাকলে যেকোন সময় দিদি-জামাই বাবু বিপদে পড়তে পারে। তাই আজই এখান থেকে চলে যেতে হবে।

সে বোনের বাড়ী ছাড়ার সিদ্ধান্ত নিয়ে ফেলে। তাই সে বোনের উদ্দেশ্যে একটা চিঠি লিখে। চিঠিটা লিখে সে দিদি-জামাই বাবুর ঘরে যায়। তারা দু'জন তখন গভীর ঘুমে আচ্ছন্ন। অমৃত জোড়ে জোড়ে নাক ডাকছে।

ক্ষুদিরাম তার দিদির দিকে কিছুক্ষণ নিস্পলক তাকিয়ে থাকে। তার দু'চোখ বেয়ে শুধু ছল ছল করে জল পড়ছে। দিদি জেগে উঠার আগেই সে বুদ্ধি করে সড়ে পড়ে।

সে যখন নীরবে বাড়ির বাইরে বেড়িয়ে আসে তখন প্রায় ভোর হয়ে এসেছে, মোরগ ডাকছে। সে রাস্তায় বেড়িয়ে পড়ে।

***

অমৃত ঘুম থেকে উঠে দীর্ঘশ্বাস ফেলে বড় করে একটা হাই তুলে। এমন সময় সে ঘরে এক কাপ চা হাতে অপরুপা প্রবেশ করে।

অমৃত: কি ব্যপার? আজ এত সকাল সকাল চা দিলে যে, কখন উঠলে ঘুম থেকে?

অপরুপা: জানিনা ঘুমটা হঠাৎ ভেঙ্গে গেল। মনটাও ভাল লাগছিল না।

অমৃত কাপটা হাতে নিয়ে কয়েক চুমুক মুখে দিতেই তার চোখে ক্ষুদিরামের চিঠিটা পড়ে। সে চায়ের কাপটা টেবিলের উপর রেখে চিঠিটা হাতে নেয়। অপরুপাও লক্ষ করে। এমন সময় ছুটতে ছুটতে সে ঘরে ললিত আসে।

অমৃত: (চিঠিটা খোলার আগেই) কি ব্যপার, ললিত?

ললিত: মামাকে সকাল থেকে কোথাও দেখছি না।

অপরুপা: (চিন্তিত হয়ে) কি বলছিস? (অমৃতের পাশে এসে বসে তাকে উদ্দেশ্য করে) তারাতারি চিঠিটা একটু পড়ে দেখতো, কি লিখা আছে?

অমৃত: হ্যা, দেখছি। (সে চিঠিটা পড়তে শুরু করে)

ক্ষুদিরাম: দিদি, আমি চাই না যে আমার কারণে তোদের কোন অসুবিধায় পড়তে হোক। আমি যেহেতু দেশের কাজে ব্রতী হয়ে গেছি তাই আমার আর সংসারে পড়ে থেকে কোন লাভ নেই। তোদের ছেড়ে থাকতে খারাপ লাগবে, তবুও এ অন্যায়টুকু করতে হলো বলে মাফ করে দিস। ইতি তোর স্নেহধন্য ক্ষুদি।

অমৃতের চিঠিটা পড়া শেষ হলে অপরুপা কান্নায় ভেঙ্গে পড়ে। অমৃত তাকে জড়িয়ে ধরে শ্বান্তনা দেবার চেষ্টা করে।

***

ক্ষুদিরাম খুধার্ত ও ক্লান্ত অবস্থায় এক রাস্তার পাশের গাছ তলায় শুয়ে আছে। ঠিক মতো খাওয়া দাওয়া না করায় অসুস্থ হয়ে পড়েছে। রাস্তার পাশ দিয়ে এক মুসলমান মহিলা যাচ্ছে। সে ক্ষুদিরামকে আগে থেকে চিনে।

ক্ষুদিরামকে দেখে সে সেখানে দাঁড়ায়। কিন্তু মহিলাটি সমাজের কাছে উপেক্ষিত বা লাঞ্ছিত,তাই প্রথমে সে তার সামনে ঘেষতে কিছুটা ইতঃস্তত বোধ করে। পরে ক্ষুদিরামকে অসুস্থ অবস্থায় কাতরাতে দেখে নিজেকে সে আর স্থির রাখতে পারেনা।

ক্ষুদিরামের কাছে এগিয়ে যায়।

মুসলিম বোন: কি হয়েছে ভাই, তুমি এখানে এ অবস্থায় পড়ে আছো? (কপালে হাত দেয়) এ কি জ্বরে তো দেখি তোমার সারা গা পুড়ে যাচ্ছে।

ক্ষুদিরাম: (কাতর কন্ঠে) না, ও কিছু না...

মুসলিম বোন: না না উঠ... আমার সাথে আমার বাড়ি চল?

(কিছু একটা ভেবে) অবশ্য আমার মত কলঙ্কিত ভিন্নধর্মী বোনের বাড়ীতে যেতে যদি তোমার কোন আপত্তি না থাকে।

ক্ষুদিরাম উঠে বসে।

ক্ষুদিরাম: আপা, আমার কাছে মানুষের কোন ভেদাভেদ নেই। বরং যারা মানুষের মধ্যে সাদা কালোর ভেদাভেদ করছে আমি তাদের বিরুদ্ধে লড়াই করছি।

মহিলা খুশি হয়ে ক্ষুদিরামকে হাতে ধরে উপরে উঠে দাঁড়াতে সহায়তা করে। ক্ষুদিরাম হাটতে পারছে না। তাই মহিলা তার কাঁধে ভর করিয়ে হাতে ধরে তাকে নিয়ে তার বাড়ির দিকে এগোতে থাকে।

এমন সময় তার সজাতি বোরখা পড়া এক মহিলা রাস্তা দিয়ে যাচ্ছে, সে তাদেরকে এ অবস্থায় দেখে ভ্রু কুচকিয়ে কটাক্ষ করে।

জনৈক মহিলা: ছিঃ ছিঃ, এ সাত সকালে কার মুখ যে দেখতে হলো। নষ্টা মেয়ে মানুষ কোথাকার।

মুসলিম বোন কোন উত্তর না দিয়ে, মাথা নিচু করে ক্ষুদিরামকে সংগে নিয়ে এগিয়ে যেতে থাকে।

ক্ষুদিরাম: মহিলাটা তোমার সম্পর্কে এমন আজে বাজে মন্তব্য করে গেল, আর তুমি সব মুখ বুঝে সইলে? কোন প্রতিবাদ করতে পারলে না?

জনৈক মহিলা: ভাই, সবার কি প্রতিবাদ করা সাজে? আমি হলাম স্বামী, সমাজ

পরিত্যক্তা এক নারী... যে যা বলবে তাই তো শুনতে হবে।

মহিলা ছোট্ট ভাঙ্গা একটা ছনের ছাউনি দেয়া ঘরে ক্ষুদিরামকে নিয়ে আসে। একটা চকিতে শুইয়ে দেয়। তারপর ক্ষুদিরামের জন্য খাবারের ব্যবস্থা করে। ক্ষুদিরাম খাবারের থালা হাতে নিয়ে খেতে পারছে না, তার গা প্রচন্ড কাপছে। তা দেখে মহিলা এগিয়ে আসে।

মুসলিম বোন: যদি কোন আপত্তি না করো, আমি খাইয়ে দেবো?

ক্ষুদিরাম মাথা নেড়ে সম্মতি দেয়। মহিলা তাকে খাইয়ে দিতে থাকে। মহিলা যখন খাইয়ে দিতে থাকে তখন ক্ষুদিরামের মায়ের কথা মনে পড়ে।

খাওয়ার ফাঁকে ক্ষুদিরাম 'মা' বলে হঠাৎ একটা আওয়াজ করে।

ক্ষুদিরাম: আপা, তোমাকে এভাবে খাইয়ে দিতে দেখে আমার মায়ের কথা মনে পড়ে গেল।

মুসলিম বোন: তাই বুঝি, তুমি বুঝি খুব মা পাগল?

ক্ষুদিরাম: (আবেগ প্রবণ হয়ে) মা আমার মা... আমার মায়ের প্রতি এ তৃষ্ণা যে কোনদিনই মিটবে না।

ক্ষুদিরামের খাওয়া শেষ হলে মহিলা তাকে বিছানায় শুইয়ে দেয় আর একটা পুরোনো কাঁথা গায়ে জড়িয়ে দেয়। ধীরে ধীরে তার চোখে ঘুম চলে আসে, সবকিছু অন্ধকার আর অস্পষ্ট হয়ে যায়।

***

পুলিশ স্টেশন, মুজঃফরবাদ - বর্তমান সময়। পুলিশ কনষ্টেবল ক্ষুদিরামের চুলের মুঠিতে ধরে তাকে নানা প্রশ্ন জিজ্ঞেস করতে থাকে।

পুলিশ কর্মকর্তা: (চেচিয়ে জিজ্ঞেস করে) বল তোর সঙ্গে কে ছিল?

ক্ষুদিরাম: কেউ না।

পুলিশ কর্মকর্তা:(রেগে গিয়ে) ফের মিথ্যে বলছিস। প্রত্যক্ষদর্শীরা জানিয়েছে যে তোর সঙ্গে আরেকজন বাঙ্গালী ছেলে ছিল। বল তোর সঙ্গে আর কে ছিল? তার নাম কি? সে কোথায় আছে?

ক্ষুদিরাম: না, কেউ ছিল না। আমি একাই ছিলাম।

পুলিশ ক্ষুদিরামকে আবারও মারতে শুরু করে।

***

বই বোমা দিয়ে কিংসফোর্ডকে হত্যা করতে না পারায়। পুনরায় তাকে হত্যার করার উদ্দেশ্যে নতুন পরিকল্পনা নেয়ার জন্য বারিন্দ্র, সত্যেন্দ্রনাথ, ক্ষুদিরাম, প্রফুল্ল চাকীসহ তরুণ বিপ্লবীরা যুগান্তরের ক্লাব ঘরে সমবেত হয়।

বারিন্দ্র: আমরা কিংসফোর্ডকে বই বোমা পাঠিয়ে মারতে চেয়েছিলাম। ভাগ্যক্রমে সে বেঁচে গিয়েছে। গত কয়েকদিন সে তার অফিসেই যায়নি। তাই সে বইটি খোলার আগেই তারা টের পেয়ে গেছে। পুলিশ ইনভেষ্টিগেশন করছে। কিন্তু আমরা যা চেয়েছিলাম তা তো হয়নি, বরং ব্রিটিশ সরকার কিংসফোর্ডকে ‘জেলা এবং সেশন জজ’ হিসেবে প্রমোশন দিয়ে মোজাফফরবাদে বদলি করে দিয়েছে। তাই এখন তাকে মারতে হলে আমাদের মোজাফরবাদে গিয়েই মারতে হবে। আর এ জন্য নতুন কোন পরিকল্পনা নিতে হবে। তবে আগে বল তোর মধ্যে কে এ কাজটি করতে পারবে?

ক্ষুদিরাম: বারিন দা, আমি এ কাজটি করতে চাই।

সত্যেন্দ্রনাথ: ক্ষুদি, এ কাজে অনেক ঝুকি আছে। ধরা পড়লে যাবজ্জীবন জেল কিংবা ফাঁসিও হতে পারে।

ক্ষুদিরাম: বড়জোড় আমাকে ফাঁসিতে ঝুলিয়ে মারবে তাইতো? মৃত্যুর ভয় আমি কোনদিনই করিনি, করবোও না। কারণ জীবন আর মৃত্যুর ব্যবধান মাত্র কয়েকমুহূর্ত্যের। আমি তো যেকোন সময়ই মরতে পারি। তাই যদি মরতে হয়, দেশের

জন্য মরবো। এ দেশের জন্য, এ মাটির জন্য মরলে আমার কোন কষ্ট লাগবে না।

বারিন্দ্র: সাবাশ!

প্রফুল্ল: আমিও এ কাজটি করতে চাই।

সত্যেন্দ্রনাথ: (কিছু একটা ভেবে) আমি ক্ষুদি আর প্রফুল্ল তোদের দু'জনকেই এ কাজে পাঠাতে চাই। তাহলে তোরা তৈরি হয়ে নে। তোদেরকে ১০-১১ তারিখের মধ্যেই মোজাফরবাদের উদ্দেশ্যে রওয়ানা দিতে হবে। সেখানে কিশোরী মোহনে বাবু'র ধর্মশালায় গিয়ে তোরা আশ্রয় নিবি। আমি তাকে আগে থেকেই সবকিছু বলে ব্যবস্থা করে রেখেছি। তোদেরকে সেখানে ছদ্মনাম ব্যবহার করে থাকতে হবে। কেউ যেন গুণাক্ষরেও তোদের
আসল পরিচয় জানতে না পারে। (ক্ষুদিরামকে উদ্দেশ্য করে) ক্ষুদি, তুই সবাইকে বলবি যে, তোর নাম হরেন সরকার।

ক্ষুদিরাম: ঠিক আছে।

বারিন্দ্র: (প্রফুল্লকে উদ্দেশ্য করে) প্রফুল্ল, তুই সবার কাছে পরিচয় দিবি যে, তোর নাম হচ্ছে দিনেশ চন্দ্র রায়। (দু'জনের উদ্দেশ্যেই) নামগুলো তোদের মনে থাকবে তো? আমার সাথে যোগাযোগ করার সময়ও এ ছদ্মনাম ব্যবহার করবি।

দু'জনেই মাথা নেড়ে একসাথে সাড়া দেয়।

বারিন্দ্র: কিন্তু খুব সাবধান... কোন ভুল করলেই আমাদের সবার বিপদ।

***

ক্ষুদিরাম একটা দোকান থেকে জুতা কিনছে। দোকানের পাশ দিয়ে ক্ষুদিরামের দু'জন সহপাঠী বন্ধু যাচ্ছে। তাদের একজন বাইরে থেকে ক্ষুদিরামকে দেখতে পায়।

বন্ধু ১: (অন্য বন্ধুটির উদ্দেশ্যে) দেখ দেখ ছেলেটাকে ক্ষুদির মত লাগছে না?

বন্ধু ২: (বিস্মিত হয়ে) হ্যা, ক্ষুদিই তো। কিন্তু সে তো অনেক আগেই নাকি জুতো পড়া ছেড়ে দিয়েছে। তাহলে এখন নতুন জুতো কিনছে কেন?

বন্ধু ১: চল, গিয়ে দেখি ব্যপারটা কি?

তারা দোকানের ভেতরে ঢুকে। ক্ষুদিরাম তার বন্ধুদের দেখে অবাক হয়।

ক্ষুদিরাম: কিরে তোরা এখানে?

বন্ধু ১: আমরা এদিক দিয়েই যাচ্ছিলাম, হঠাৎ দেখলাম তুই এখানে জুতো কিনছিস।

ক্ষুদিরাম: হ্যা, দরকার আছে তাই কিনছি।

বন্ধু ২: কিন্তু তুই না কিছুদিন আগে আমাদের বললি যে তুই জুতো পড়া ছেড়ে দিয়েছিস। তাহলে এখন জূতো কিনে কি করবি?

ক্ষুদিরাম: (হেসে বলে) বিয়ে করতে যাচ্ছি, তাই নতুন জুতো ছাড়া কি হবে?

ক্ষুদিরামের উত্তর শুনে তার বন্ধুরা অবাক হয়। কারণ, ক্ষুদিরাম বলতো সে কখনো বিয়ে সংসার এসব করতে চায় না, সারাজীবন সে দেশের জন্য কাজ করে যেতে চায়।

কিন্তু ক্ষুদিরাম এতটাই স্বাভাবিক ভাবে বলছে যে কথাটা তারা অবিশ্বাস করতে পারেনি।

বন্ধু ১: (খুশি হয়ে) কিরে আমাদের তো আগে কিছু বলিসনি? তাহলে কোথায় বিয়ে করতে যাচ্ছিস?

ক্ষুদিরাম: উত্তরের দিকে।

বন্ধু ২: কবে বিয়ে করে ফিরবি? বৌভাতের নিমন্ত্রণটাও কি দিবি না?

ক্ষুদিরাম: কি জানিরে, আর কোনদিন তোদের মাঝে ফেরা হবে কিনা? নাকি ওরা সেখানেই ঘর জামাই করে রেখে দেবে।

বন্ধুরা ক্ষুদিরামের কথা শুনে হাসতে থাকে। যদিও তারা বুঝতে পারেনা কৌতুকের ছলে ক্ষুদিরাম কিসের ঈঙ্গিত করছে।

বন্ধু ১: তাই নাকি, তুই তাহলে ঘর জামাই হয়ে থাকবি।

বন্ধু ২: কিন্তু তুই না বলতি তুই কখনো বিয়ে করবি না, দেশের জন্য সারাজীবন কাজ করে যাবি। তবে?

বন্ধু ১: (বন্ধু ২ কে থামিয়ে) বিপীন, তুই থামতো। ক্ষুদি এতদিনে একটা কাজের কাজ করতে যাচ্ছে। বিয়ে করলে কি দেশের সেবা করা যায়না।(ক্ষুদিরামের কাধে হাত রেখে) ঠিক আছে তুই বিয়ে করতে যা। ফিরলে আমাদের সাথে দেখা করিস। আমাদের তাড়া আছে। তাই যাচ্ছি।

দুই বন্ধু চলে গেল। ক্ষুদিরাম হাসতে থাকে।

ক্ষুদিরাম: হুমম... হয়তো এটাই আমার জীবনের শেষ বিয়ে।

11

ক্ষুদিরাম নদীর তীরে বসে রয়েছে। বার বার তার চোখে তার মায়ের মুখটা ভেসে উঠছে। দু'চোখ বেয়ে ছল ছল করে শুধু জল পড়ছে। পাশ থেকে সে কয়েকটা নুড়ি পাথরের টুকরো কুড়িয়ে নেয়।

নদীর পানিতে ঢিল ছুঁড়ে মারতে থাকে, জলের উপরিভাগে বাউন্স করানোর চেষ্টা। কিন্তু কিছুতেই হচ্ছে না। অগত্যা সে সব নুড়ি পাথরগুলি ছুড়ে ফেলে দেয়। তার পেছনে হঠাৎ প্রফুল্ল চাকী এসে উপস্থিত হয়। ক্ষুদিরাম তাকে খেয়াল করেনি।

প্রফুল্ল কিছুক্ষণ দাঁড়িয়ে থেকে ক্ষুদিরামের কান্ড দেখতে থাকে।সে একটা নুড়ি পাথর কুড়িয়ে নিয়ে জলের মধ্যে এমনভাবে ছুড়ে মারল যে জলের উপরিভাগে কয়েকটা বাউন্স হয়। ক্ষুদিরাম অবাক হয়ে তাকালে প্রফুল্লকে দেখতে পায়।

ক্ষুদিরাম: ও প্রফুল্ল তুই?

প্রফুল্ল: কি ব্যপার? তুই এত মন খারাপ করে আছিস কেন?

ক্ষুদিরাম: মায়ের কথা খুব মনে পড়ছিল, তাই একটু খারাপ লাগছিল। আজ বিকেলের ট্রেনেই কিন্তু আমাদের মতিঝিলের ধর্মশালার উদ্দেশ্যে রওয়ানা দিতে হবে।

প্রফুল্ল: হ্যা জানি, আমার সব গুছিয়ে নিয়েছি।

ক্ষুদিরাম: জানিস, কাল একটা মজার ঘটনা ঘটেছিল।

প্রফুল্ল: কি ঘটনা?

ক্ষুদিরাম: দোকান থেকে জুতাগুলি কিনতে গিয়েছিলাম আমার কয়েকজন সহপাঠী

বন্ধুর সাথে দেখা হয়। ওরা বার বার জিজ্ঞেস করছিল, হঠাৎ নতুন জুতা কিনছি কেন? কারণ আমি তো জুতা পড়া ছেড়ে দিয়েছি।

প্রফুল্ল: (অবাক হয়ে) তা তুই কি বললি ওদের?

ক্ষুদিরাম: (হেসে হেসে) কি আর বলবো? বললাম, বিয়ে করতে যাচ্ছি।

প্রফুল্ল: (মুচকি হেসে) বিয়ে করতে যাচ্ছিস? না হেসে পারলাম না।

ক্ষুদিরাম: বিয়েই তো... আরো বললাম, ওরা ঘর জামাই করেও রাখতে পারে।

প্রফুল্ল: একেবারে মন্দও বলিসনি। ধরতে পারলে তো ওরা জামাই আদর কম করবে না।

দু'জনেই প্রচন্ড হাসতে থাকে।

***

পুলিশ স্টেশন, মুজঃফরবাদ - দিন - বর্তমান সময়। পুলিশ কনষ্টেবল ক্ষুদিরামের চুলের মুঠিতে ধরে তাকে নানা প্রশ্ন জিজ্ঞেস করতে থাকে।

পুলিশ কর্মকর্তা: (চেচিয়ে জিজ্ঞেস করে) বল এখানে কবে এসেছিস?

ক্ষুদিরাম: (কাঁতর কন্ঠে) ২০ দিন আগে।

পুলিশ কর্মকর্তা: কোথায় উঠেছিলি?

ক্ষুদিরাম: ধর্মশালায়।

***

ক্ষুদিরাম ও প্রফুল্ল ট্রেনে উঠে নিজ নিজ সিটে বসেছে। দু'জনেই খুব সতর্কতার সাথে তাদের ব্যাগগুলি আগলে রেখেছে। ট্রেন ছেড়ে যায়। তারা আশে পাশের সবার দিকে এমনভাবে নজড় রাখছে, যেন তাদের উপর কারোর সন্দেহ না হয়।

প্রফুল্লের পাশেই বসেছে এক বয়স্ক লোক। ট্রেন কিছুদূর যাওয়ার পর থেকেই এক বয়স্ক লোক ঘুমের নেশায় বার বার ক্ষুদিরামের কাঁধে মাথা হেলান দিয়ে রাখতে থাকে।

প্রফুল্ল বিরক্ত হয়ে লোকটাকে কয়েকবার জাগিয়ে দেবার চেষ্টা করে। কিন্তু লোকটা বার বার একই ঘটনার পুনরাবৃত্তি করছে। ক্ষুদিরাম বসেছে জানলার পাশটাতে। সে খানিকক্ষণ বাইরের দিকে তাকিয়ে থাকে।

প্রফুল্লকে হঠাৎ এরকম অস্বস্তিতে পড়তে দেখে মুচকি মুচকি হাসতে থাকে। শেষপর্যন্ত সে লোকটাকে ওর কাঁধেই মাথা রেখে ঘুমাতে দিতে বাধ্য হয়।

ক্ষুদিরাম আবারো জানলার বাইরে তাকিয়ে আছে। সাড়ি সাড়ি গাছ, নদী-নালা, খাল-বিল, জলাশয় সব ডিঙ্গিয়ে ট্রেন এগিয়ে যাচ্ছে। এমন সময় ওদের কামরাটিতে একজন পুলিশ কর্মকর্তা আসে। লোকটা সব যাত্রীদের দিকে কড়া কড়া চোখে তাকাচ্ছে।

প্রফুল্ল পুলিশ কর্মকর্তাকে দেখে একটু ঘাবড়ে যায়। কারণ, যদি পুলিশ তাদের ব্যাগ তল্লাশি চালায় তবে তারা ধরা পড়ে যেতে পারে। সে হঠাৎ আস্তে করে ক্ষুদিরামের হাত ধরে। ক্ষুদিরামকে সতর্ক করে দেয়।

ক্ষুদিরাম ও প্রফুল্লের হাতের উপর তার অন্যহাত রেখে তাকে আশ্বস্ত করে যেন সে ভয় না পায়। পুলিশের নজড় ওদের দিকে পড়ে।

পুলিশ: (ক্ষুদিরামকে উদ্দেশ্য করে) তোমরা কোথায় যাচ্ছো?

ক্ষুদিরাম: বিয়ে উপলক্ষে আমাদের এক আত্মীয়ের বাড়িতে যাচ্ছি।

পুলিশ: ও, আচ্ছা।

পুলিশ সেখান থেকে চলে যায়। প্রফুল্ল ও ক্ষুদিরাম যেন কিছুটা স্বস্তি পায়।

ক্ষুদিরাম: এতো সামান্য... আরো কত বিপত্তি যে আমাদের জন্য ওত পেতে আছে কে জানে?

***

ধর্মশালা (মতিঝিল, মজফঃরপুর - ১০ এপ্রিল, ১৯০৮)।ক্ষুদিরাম ও প্রফুল্ল চাকী কিশোরী মোহন বন্দোপাধ্যায়ের ধর্মশালায় এসে পৌছেছে। তারা দু'জন ধর্মশালার ভিতরে ঢুকে অদ্ভুদভাবে তাকাতে থাকে। এমনসময় একজন লোক তাদের সামনে এসে দাঁড়ায়।

জনৈক ব্যক্তি: তোমরা কি কাউকে খুঁজছো?

প্রফুল্ল: হ্যা, আমরা কিশোরী মোহন বাবুর সাথে দেখা করতে চাই।

জনৈক ব্যক্তি: ও আচ্ছা। (ঈশারা করে) ওদিক দিয়ে গিয়ে ডানদিকে সামনের অফিস ঘরটাতেই কিশোরী দাদাকে পাবে।

প্রফুল্ল: ঠিক আছে, ধন্যবাদ।

ক্ষুদিরাম ও প্রফুল্ল লোকটার নির্দেশনা অনুযায়ী অফিস ঘরের দিকে যায়। তারা বাইরে থেকে দেখতে পায় এক ধুতি পাঞ্জাবী পড়া ভদ্রলোক হাতে গুনে গুনে হিসেব নিকেশ করছে আর একটা লম্বা খাতায় টুকে টুকে লিখছে।

প্রফুল্ল: (ক্ষুদিরামকে) মনে হচ্ছে ইনিই কিশোরী মোহন বাবু।

ক্ষুদিরাম: হ্যা, তাই মনে হচ্ছে।

তারা বাইরে থেকে দরজার কড়া নাড়ে। কিশোরী মোহন খানিকটা বিরক্ত হয়ে তাদের দিকে তাকায়।

কিশোরী মোহন: কী ব্যপার? তোমরা কারা?

প্রফুল্ল: আমরা কলকাতা থেকে এসেছি। আমাদেরকে বারিন দা আপনার কাছে পাঠিয়েছেন।

কিশোরী মোহন: বারিন্দ্র ঘোষ পাঠিয়েছেন? ও বুঝেছি। হ্যা, ভেতরে আসো।

তারা দু'জনে কিশোরী মোহনের অফিস ঘরে ঢুকে। প্রফুল্ল অফিস ঘরটির চারপাশ ভাল করে অবলোকন করছে। কিশোরী মোহন যে পাশটায় বসেছেস তার দেয়ালে রামকৃষ্ণ

পরমহংসদেবের একটা বাঁধানো ছবি সটান লাগানো আছে।

ক্ষুদিরাম: (একটা চিরকুট কিশোরী মোহনের হাতে দিয়ে) উনি এটা আপনাকে দিতে বলেছেন।

কিশোরী মোহন চিরকূটটি হাতে নিয়ে পড়তে থাকে।

বারিন্দ্র: শ্রীযুক্ত কিশোরীমোহন বাবু, আমি এ ছেলে দু'টিকে আপনার ভরসায় মজঃফরপুরে পাঠালাম। অনুগ্রহ করে আপনার ধর্মশালায় ওদের থাকা থাওয়ার একটু ব্যবস্থা করে দেবেন। আপনার প্রতি শুভ কামনা রইলো। বন্দে মাতরম।

কিশোরী মোহন: ঠিক আছে, তোমাদের থাকা-থাওয়াসহ সব ব্যবস্থা করে দিচ্ছি। কোন কিছুর প্রয়োজন হলে আমাকে নিদ্বিধায় বলবে।

ক্ষুদিরাম: জ্বি, বলবো।

কিশোরী মোহন: কিন্তু তোমাদের নামতো জানতে পারলাম না?

ক্ষুদিরাম: আমার নাম হরেন সরকার।

প্রফুল্ল: আমার নাম দীনেশ চন্দ্র রায়।

কিশোরী মোহন: ও আচ্ছা। ঠিক আছে। আমি তোমাদের ঘরের চাবি দিয়ে দিচ্ছি। কোন অসুবিধা হলে আমাকে জানাবে।

প্রফুল্ল: ঠিক আছে, আমরা জানাবো।

কিশোরী মোহন তার এক ভৃত্যকে ডাক দেয়।

কিশোরী মোহন: অতুল, এদিকে একটু আয় তো।

ভৃত্য তার ডাক শুনে সঙ্গে সঙ্গে সেখানে চলে আসে।

অতুল: জ্বি দাদা, বলেন।

কিশোরী মোহন: কোণার বাম দিকের বড় ঘরটায় ওদের দু'জনের থাকার ব্যবস্থা করে দে। ওরা আমার নিজের লোক। তাই ওদের থাওয়া-দাওয়া সহ যখন যা কিছু লাগে সব দেখবি।

অতুল: ঠিক আছে দাদা।

কিশোরী মোহন: (ক্ষুদিরাম ও প্রফুল্লকে) চলুন, ঘরটা দেখিয়ে দিচ্ছি।

ক্ষুদিরাম ও প্রফুল্ল লোকটাকে অনুসরণ করে অফিস ঘর হতে বেরিয়ে যায়।

***

ক্ষুদিরাম ও প্রফুল্ল লোকটাকে অনুসরণ করে কোণার দিকে একটা ঘরের সামনে আসে। কিশোরী মোহনের ভৃত্য অতুল ঘরের দরজাটা খূলে দেয়। কটার পেছন পেছন ওরা ঘরটিতে প্রবেশ করে। তারা ঘরের চারপাশটা ভাল করে দেখতে থাকে।

ঘরে পাশাপাশি করে সমান্তরাল ভাবে দু'টি খাট বিছানো রয়েছে। এক কোণে একটা খালি পানির কলস আর গ্লাস উপুড় করে রাখা আছে। প্রফুল্ল খাটের উপর হাত রাখতেই তার হাতে ধুলি লাগে। সে ফুঁ দিলে প্রচুর ধুলিবালি উড়তে থাকে। অতুল তা লক্ষ করে।

অতুল: চিন্তা করোনা ভাই, অনেকদিন ঘরটা খালি ছিল তাই একটু ধুলি বালি পড়ে আছে। আমি একটু পরে এসে ঘরটা পরিস্কার করে দিয়ে যাবো।

প্রফুল্ল: ঠিক আছে।

ক্ষুদিরাম এগিয়ে গিয়ে ঘরের জানলাটা খুলে। জানলা থেকে বাইরের রাস্তাটি স্পষ্ট দেখা যাচ্ছে। অতুল প্রফুল্লের হাতে চাবিটি দিয়ে ঘর থেকে বেরিয়ে যায়। প্রফুল্ল দরজার কাছে গিয়ে উঁকি মেরে দেখে বাইরে কেউ আছে কিনা, যাতে তাদের গোপন কথোপকথন কেউ শুনে না ফেলে।

প্রফুল্ল : (অনেক আস্তে বলে) আমাদের কাল থেকে কিংসফোর্ডের গতিবিধির উপর নজড় রাখতে হবে।

ক্ষুদিরাম: হ্যা, আগে দেখতে হবে লোকটা প্রতিদিন কখন কোথায় যায়। তারপর সুযোগ

বুঝে কাজটা সেরে ফেলতে হবে।

***

12

ক্ষুদিরাম ও প্রফুল্ল কিংসফোর্ডের গতিবিধির উপর নজড় রাখতে শুরু করে। কিংসফোর্ড কখন কোর্টে যায়, কখন বাড়ী ফেরে, কখন ক্লাবে যাচ্ছে সব কিছুর উপর তারা নজড় রাখতে শুরু করে। কিন্তু তারা কোন সুযোগ করে উঠতে পারছে না। কয়েক সপ্তাহ হয়ে গেল, তাদের টাকা পঁয়সাও কমে আসছে।

ক্ষুদিরাম: অনেকদিন হয়ে গেল, আমরা তো এখনো কোন সুযোগই পাচ্ছি না। হাতে একদম টাকা কড়ি নেই।

প্রফুল্ল: বারিনদা'র কাছে টাকার জন্য চিঠি লিখতে হবে।

ক্ষুদিরাম: বারিনদা'র কাছে এখন এভাবে চিঠি পাঠানোটা ঠিক হবে?

প্রফুল্ল:পাঠাতেই হবে। বারিনদা বলেছিল সুকুমার নামে সম্বোধন করে তার কাছে চিঠি পাঠাতে। আর আমি এমনভাবে চিঠিটা লিখবো যে কেউ বুঝতেই পারবে না।

ক্ষুদিরাম: ও তাহলে কালই চিঠিটা লিখে পাঠিয়ে দিস।

প্রফুল্ল: হ্যা... তবে আমাদের তারাতারি কাজটা সেড়ে ফেলতে হবে।

ক্ষুদিরাম: আমিও সেটাই চাই... কিন্তু তাড়াহুরো করতে গিয়ে ভুল করলে আরো অনেকের প্রাণ বিপন্ন হতে পারে। আমরা শুধু অত্যাচারী কিংসফোর্ডকে মারতে চাই, অন্য কাউকে নয়।

***

ধর্মশালা, মজফঃরপুর - রাত(সন্ধ্যা - ৩০ এপ্রিল, ১৯০৮)। ক্ষুদিরাম স্বামী বিবেকানন্দের লেখা একটি বই পড়ছে। এমন সময় প্রফুল্ল ঘরে প্রবেশ করে।

প্রফুল্ল: (ফিস ফিস করে) এইমাত্র কিংসফোর্ডকে ক্লাবে যেতে দেখলাম। বোধ হয় কিছুক্ষণের মধ্যেই খেলা শেষ করে আবার বাংলোতে ফিরবে।

ক্ষুদিরাম: ঠিক দেখেছিস তো? (প্রফুল্ল মাথা নেড়ে সায় দেয়) তাহলে আজকের খেলাই হবে ওর জীবনের শেষ খেলা।

প্রফুল্ল: আমাদের তারাতারি কাজটা সেড়ে ফেলতে হবে। তৈরি হয়ে নে।

দু'জনেই জামা কাপড় কোর্ট পড়ে নেয়। কোর্টের আড়ালে রিভলবার,গুলি, বোমা সতর্কতার সাথে লুকিয়ে নেয়। তারপর ষ্টেশন ক্লাবের উদ্দেশ্যে ধর্মশালা থেকে বেড়িয়ে পড়ে।

ষ্টেশন ক্লাব গেইট, মজফঃরপুর - রাত

চারদিকে বিদঘুটে অন্ধকার। ক্ষুদিরাম ও প্রফুল্ল কিংসফোর্ডের বাড়ির পূর্ব দিকের গেইটের সামনে অনেকক্ষণ ধরে ঘোরা ফেরা করছে।

ক্ষুদিরাম ও প্রফুল্ল দু'জনেই ধুতি, পাঞ্জাবী আর তার উপরে কোট পড়ে আছে। ক্ষুদিরাম পড়েছে কাল রংয়ের কোট আর প্রফুল্ল পড়েছে সাদা রংয়ের কোট।

দুইজন কনষ্টেবল তহসিলদার সিং আর ফয়েজুদ্দিন ষ্টেশন ক্লাব গেইট থেকে কিংসফোর্ডের বাড়ির পূর্ব দিকের গেইটের রাস্তাটি পাহাড়া দিচ্ছে। তারা ক্ষুদিরাম ও প্রফুল্লকে দেখতে পায়। তারা দু'জনের পোশাক আর হাবভাব দেখে বুঝতে পারে ছেলে দু'টি বাঙালী।

ফয়েজুদ্দিন: (ক্ষুদিরাম ও প্রফুল্ল চাকীকে উদ্দেশ্য করে) এইযে তোমরা এখানে কি করছো?

ক্ষুদিরাম: আমাদের বলছেন?

ফয়েজুদ্দিন: হ্যা... তোমাদেরই বলছি। এখানে এভাবে ঘোরা ফেরা করা যাবে না।

তহসিলদার সিং: জলদি নিকাল যাও ইধার সে...

ক্ষুদিরাম: (প্রফুল্লকে উদ্দেশ্য করে) চল...

ক্ষুদিরাম আর প্রফুল্ল বেশি কথা না বলে সেখান থেকে একটু নিরাপদ দূরত্বে সড়ে যায়, তারা একটা গাছের আড়ালে গিয়ে দাঁড়ায়। যাতে পাহাড়াদাররা তাদেরকে স্পষ্ট দেখতে না পায়।

***

ষ্টেশন ক্লাব, মজফঃরপুর - রাত(সময় ৮:৩০, ৩০ এপ্রিল, ১৯০৮) ব্যরিষ্টার কেনেডী'র স্ত্রী ও কন্যা স্টেশন ক্লাব থেকে বাড়ী ফেরার উদ্দেশ্যে বেড়িয়ে পড়ে।

মিস কেনেডী:(হাসি মুখে) Mom, I have really enjoyed the party...

মিসেস কেনেডী: ([illegible]) Yes, my sweetie... the party was really great... now hurry please... It's too late... your father must be waiting for us.

মিস কেনেডী: Okay. So, where is the carriage?

তাদের সহযোগীতার জন্য একজন ইংরেজ কর্মকর্তা বেড়িয়ে আসে। ইংরেজ কর্মকর্তার ঈশারায় একজন চালক এক ঘোড়া চালিত একটি ল্যান্ডোলেট গাড়ী নিয়ে ওদের কাছাকাছি এসে পৌছে।

সবার আগে মিসেস কেনেডী বাহনটিতে উঠে। চারিদিকে প্রচন্ড অন্ধকার, কেনেডীর কন্যা তারাতারি করে উঠতে গেলে একটু হোঁচট খায়।

ইংরেজ কর্মকর্তা: Miss Kennedy, What happened?

মিস কেনেডী: No, nothing serious, I slipped from....

মিসেস কেনেডী: (চিন্তিত হয়ে) Are you okay, my child?

মিস কেনেডী: (মুচকি হেসে) Yeah...

মিসেস কেনেডী ভেতর থেকে মেয়ের হাতে ধরে মেয়েকে বাহনে উঠতে সাহায্য করে।

মিসেস কেনেডী: Please carefully....

ইংরেজ কর্মকর্তা: So, have a good night Mrs. & Miss Kennedy.

মিসেস কেনেডী: Good night!

চালক বাহনটিকে চালিত করে এবং ধীরে ধীরে তারা ক্লাবের গেইটের দিকে এগোতে থাকে।

কিংসফোর্ডের বাড়ির পুর্ব দিকের গেইটের থেকে বেশ দূরে একটা গাছের আড়ালে দাঁড়িয়ে ক্ষুদিরাম ও প্রফুল্ল রাস্তার উপর সজাগ দৃষ্টি রেখে অপেক্ষায় আছে, কখন কিংসফোর্ডের ঘোড়া চালিত বাহনটি আসবে আর তারা বাহনটিতে হামলা চালাবে। তারা অনেকদিন ধরে এ দিনটির অপেক্ষায় ছিল, তাই তারা আগে থেকে সুপরিকল্পিত ভাবে বোমা আর পিস্তল হাতে সব রকমের প্রস্তুতি নিয়ে রেখেছে। দৌড়াতে যাতে সুবিধা হয়, তাই তারা তাদের জুতো খুলে সেখানে এক সাথে সাজিয়ে রেখে দেয়।

প্রফুল্ল: (ফিস ফিস করে) তুই প্রস্তুত আছিস তো?

ক্ষুদিরাম: হ্যা্ঁ, আমি প্রস্তুত আছি। মনে হচ্ছে গাড়ীটা এখনি আসবে। সাবধান! কোন ভুল করা কিন্তু চলবে না।

প্রফুল্ল: হুমম... আমিও প্রস্তুত আছি। (কিছুক্ষণপর দূর থেকে একটা ঘোড়ার গাড়ীর শব্দ শুনে) আমি একটা ঘোড়ার গাড়ির শব্দ শুনতে পাচ্ছি। তুই শুনতে পাচ্ছিস কি?

ক্ষুদিরাম: হ্যা্ঁ, আমিও শুনতে পাচ্ছি।

তারা দূর থেকে একক ঘোড়া চালিত একটি বাহনকে ষ্টেশন ক্লাবের রাস্তা দিয়ে কিংসফোর্ডের বাড়ির মোড়টা পেরিয়ে আসতে দেখে। বাহনটি আরো কিছু অগ্রসর হতেই তাদের চোখে বাহনটি স্পষ্ট হয়ে উঠে।

প্রফুল্ল: মনে হয় কিংসফোর্ড আসছে।

ক্ষুদিরাম: হ্যা, তাই মনে হচ্ছে। কিংসফোর্ডের গাড়ীটার মতই লাগছে।

বাহনটি পুর্ব দিকের গেইটের কাছে পৌছলে দুজনেই দৌড়ে বাহনটির কাছাকাছি যায়। ক্ষুদিরাম তার পিস্তল তাক করে রাখে। প্রফুল্ল চাকী আর এক মূহুর্ত্যও দেরী না করে বাহনটি লক্ষ্য করে পর পর কয়েকটি বোমা নিক্ষেপ করে। সঙ্গে সঙ্গে বাহনটিতে আগুন ধরে যায়। যে ঘোড়া এ বাহনটি চালাচ্ছিল তার গায়ে বাঁধা বেল্ট থেকে ছাড়া পেয়ে ঘোড়াটি কিছুদূর অগ্রসর হয়ে থেমে যায়। তারপর ঘোড়াটি কিংসফোর্ডের বাড়ির দিকে চলে যায়। বাহনটিতে ব্যারিষ্টার কেনেডীর স্ত্রী ও কন্যা ছিল। বোমার আগুনে জ্বলন্ত অবস্থায় বাহনটির ভেতর হতে তাদের আর্তনাদ ও চিৎকার শোনা যায়। বোমা বিস্ফোরণের আওয়াজ শুনে ষ্টেশন ক্লাবের গেইটে দাঁড়িয়ে থাকা প্রহরীরা গেইটের দিকে দৌড়ে এগোতে থাকে। ক্ষুদিরাম ও প্রফুল্ল চাকী অবস্থা বেগতিক দেখে তারাতারি সেখান থেকে দৌড়ে পালায়। কিছুদূর যাওয়ার পর দু'জন একটি জায়গায় একটু থামে।

ক্ষুদিরাম: আমাদের দু'জনের এক সঙ্গে যাওয়াটা ঠিক হবে না। তুই ঐ রাস্তা দিয়ে চলে যা, আর আমি এ রাস্তা দিয়ে সোজা চলে যাচ্ছি।

প্রফুল্ল: ঠিক আছে।

দু'জন আবার দু'দিকে ছুটতে থাকে। ক্ষুদিরাম তার গায়ে পড়া কোর্টটি ছুড়ে ফেলে দেয়।

***

কয়েকজন পুলিশ উদ্ধার কাজ চালাচ্ছে আর আলামত সংগ্রহের চেষ্টা করছে। তারা কেনেডীর কন্যা, স্ত্রী ও গাড়ীর চালককে ক্ষত-বিক্ষত ও মারাত্বকভাবে আহত অবস্থায় উদ্ধার করে। তাদেরকে একটি গাড়ীতে করে হাসপাতালে নিয়ে যাওয়া হচ্ছে।

পুলিশের ডিএসপি বেচু নারায়ণ বাবু সহ আরো কয়েকজন পুলিশ কর্মকর্তা সেখানে উপস্থিত হয়েছে। বাড়ীর সামনে বোমা হামলার ঘটনা শুনে জেলা জজ কিংসফোর্ডও সেখানে উপস্থিত হয়। এ ঘটনার প্রত্যক্ষদর্শী দুই পুলিশ কনষ্টেবল তহসিলদার সিং ও ফয়েজুদ্দিনের সাথে তারা কথা বলছে। দু'জনে তাদেরকে সব ঘটনা খুলে বলে।

***

হাসপাতালের কর্তব্যরত চিকিৎসক কেনেডীর মেয়ে ও স্ত্রীকে পরীক্ষা করে দেখে। ডাক্তার বুঝতে পারে কেনেডীর মেয়ে আর জীবিত নেই, তাই তার মুখ সাদা কাপড় দিয়ে ঢেকে দেয় আর তাকে মর্গে পাঠিয়ে দেয়া হয়।

কেনেডীর স্ত্রীর অবস্থা আশঙ্কা জনক হওয়ায় তাকে জরুরী বিভাগে নেয়া হয়। ডাক্তারের সঙ্গে পুলিশের এক কর্মকর্তা কথা বলছে।

ডাক্তার: মিসেস কেনেডীর অবস্থা অনেক আশঙ্কাজনক। বোমার আগুনে ৭৫ ভাগেরও বেশি ঝলসে গেছে। তাকে বাঁচানো খুব মুশকিল। ২৪ ঘন্টা পার না হওয়া পর্যন্ত আমরা কিছুই বলতে পারছি না। তবে গাড়ীর চালকের অবস্থার বেশ উন্নতি হয়েছে।

পুলিশ কর্মকর্তা: তাহলে আমরা কি তার স্টেটম্যান্ট নিতে পারি?

ডাক্তার: হ্যা...

***

কিংসফোর্ড ডিএসপি সহ উচ্চপদস্থ পুলিশ কর্মকর্তাদের সাথে কথা বলছেন। তার চোখে মুখে প্রচন্ড রাগ আর উদ্বেগ।

কিংসফোর্ড: জোড়ে উচ্চস্বরে) What's doing your police force? Catch those bloody criminals as soon as possible. I know they wanted to kill me. Unfortunately, they killed two innocent ladies.

পুলিশের ডিএসপি: Sir, I beg my apologies. We had no idea about this series of bomb attacks. We will arrest these terrorists very soon.

কিংসফোর্ড: They are so much dangerous. Arrest them immediately.

জনৈক পুলিশ কর্মকর্তা: Don't worry Sir, we have declared a red alert all over the town. We have already informed all police stations about this incident. Our staffs are alert and they are checking everyone at bus stops and railway stations. We have even declared a reward money of 1000 Indian rupees. They can't escape from here easily.

কিংসফোর্ড: (কিছুটা শান্ত হয়ে) Okay. Do something quickly.

পুসা রোড - দিন

ভোর হয়ে এসেছে, মাইলের পর মাইল দৌড়াতে দৌড়াতে ক্ষুদিরাম অনেক হাঁপিয়ে উঠেছে। সে পুসা রোডের কাছাকাছি এসে পৌছে। চারদিক ভীষণ অন্ধকার, নিরিবিলি আর নির্জনতা।

সে ভীষণভাবে ক্লান্ত, মোটেই আর দৌড়াতে পারছে না। পা গুলি যেন আর চলতে চায় না। প্রচন্ড জল তৃষ্ণাও পেয়েছে তার। এদিকে সেদিকে তাকাতে থাকে সে, কিন্তু কোন কিছুই চোখে পড়েনা তার।

ক্ষুদিরাম: (নিজে নিজে মনে মনে বিড় বিড় করে) ইশ্... প্রচন্ড জল তেষ্টা পেয়েছে। এক্ষুণি এক গ্লাস জল না খেতে পারলে আর বেশী দূর এগোতে পারবো না। কিন্তু এত গভীর রাতে এখানে জল কোথায় পাবো? আশে পাশে কাউকে তো দেখতে পাচ্ছি না। আমার এ পা দু'টো যে আর মোটেই চলছে না।

অগত্যা সে আরো কিছুদুর সামনে এগিয়ে গেল, দূর থেকে কিছুটা পিদিমের আলো চোখে আসছে তার। সে আরো এগিয়ে যেতে থাকে। সে যত সামনে এগিয়ে যাচ্ছে আলোর তীব্রতা ততই বাড়ছে। সামনে কিছুদুর যেতেই ক্ষুদিরামের কাছে একটা চায়ের দোকান স্পষ্ট হয়ে উঠে।

ক্ষুদিরাম : যাক ভাগ্য ভাল যে চায়ের দোকানটা খোলা পেয়েছি। তারা তারি এক গ্লাস জল চেয়ে নেই। ওফ... ওদিকে প্রফুল্লের কি অবস্থা কে জানে?

ক্ষুদিরাম চায়ের দোকানের কাছে পৌছলো। কিছুক্ষণ হাঁপাতে থাকে আর বড় বড় কয়েকটা দীর্ঘশ্বাস ফেলে। দোকানদার ক্ষুদিরামকে এভাবে হাঁপাতে দেখে অবাক হয়। কিছুটা সন্দেহ প্রবণ চোখে তার দিকে তাকায়।

ক্ষুদিরাম : কেয়া মুঝে এক গ্লাস পানি মিলেগা?

দোকানদার: হ্যা, দে রাহা হু...

দোকানদার ক্ষুদিরামকে একগ্লাস জল দেয়। সে গোগ্রাসে জলটা গিলে নেয় আর গ্লাসটা দোকানদারকে ফেরত দেয়। এমন সময় হঠাৎ সেখানে দু'জন পুলিশ কনস্টেবল ফতেহ সিং(Fateh Singh), শেও প্রসাদ মিসার(Sheo Prasad Misser) এগিয়ে আসে। তারা দূর থেকে ক্ষুদিরামকে খেয়াল করছিল।

এসময় সেখানে পুলিশ দেখে সে কিছুটা ঘাবড়ে যায়।

ক্ষুদিরাম:(মনে মনে ভাবে) বুঝতে পারছি না এখন কি করবো? যদি দৌড় দেই তবে তারা সহজেই বুঝে ফেলতে পারে। তাছাড়া শরীরে এত শক্তি নেই যে দৌড়ে তাদের সঙ্গে কুলিয়ে উঠতে পারবো। বরং স্বাভাবিক থাকার চেষ্টা করি। দেখা যাক কি হয়?

ক্ষুদিরাম বার বার পুলিশের দিকে তাকাতে লাগলো, তাকে দেখে পুলিশের সন্দেহ আরো বেড়ে যায়। সে আর বেশি দেরী না করে তারাতারি হাঁটা শুরু করে দিল। এমন সময় পুলিশ তাকে পেছন হতে সেখানে দাঁড়ানোর জন্য ডাকে।

শেও প্রসাদ: রুখো...

ক্ষুদিরাম সেখানে দাঁড়ায়।

ফতেহ: তুম ইস ওয়াক্ত ইধার কেয়া কর রেহে হো?

ক্ষুদিরাম: একটা কাজে এখানে এসেছিলাম।

শেও প্রসাদ: বাংগালী? কিসের কাজ?

ক্ষুদিরাম: না মানে... আমি...

ক্ষুদিরাম স্পষ্টভাবে কিছু বলতে পারছিল না। তার কথা-বার্তায় অসঙ্গতি, তার পোশাকাদির ধরণ আর খালি পা দেখে তাদের সন্দেহ আরো প্রবল হয়ে যায়।

ফতেহ: লাকতাহে বো ঝুট বল রাহা হ্যায়... উসকা তালাশী লো?

ক্ষুদিরাম ভয় পেয়ে গেল। মনে মনে সে স্থির করে নিয়েছে তাদের হাতে কিছুতেই সে নিজেকে ধরা দেবে না। পুলিশ তার তল্লাশী নেবে এমন সময়, সে তার কোমড়ে গোঁজা

পিস্তলটা বের করার চেষ্টা করে। কিন্তু পিস্তলটা মাটিতে পড়ে যায়। পুলিশ তার কাছে পিস্তল দেখে নিশ্চিত হয়ে যায় তারা যাদের যাদের খুঁজছে সেও তাদেরই একজন।

ক্ষুদিরামও সঙ্গে সঙ্গে পিস্তলটা মাটি থেকে কুঁড়িয়ে নেবার চেষ্টা চালায়। কিন্তু পুলিশ কনস্টেবলদের একজন সে কোন কিছু করার আগেই তাকে ঝাপটে ধরে। সে অনেক চেষ্টা করেও নিজেকে পুলিশের হাত থেকে ছাড়াতে পারেনা। অন্য পুলিশ কনস্টেবল তার পিস্তলটা রুমালে ঢেকে মাটি থেকে কুড়িয়ে নেয়। তারা তাকে বন্দী করে থানায় নিয়ে যাওয়ার উদ্দেশ্যে রওয়ানা দেয়। দোকানদার অবাক হয়ে তাকিয়ে থাকে।

13

সুদীর্ঘ পথ অতিক্রম করে প্রফুল্ল ভীষণ ক্লান্ত, ক্ষুধার্ত আর পরিশ্রান্ত। প্রচন্ড রোদ আর গ্রীষ্মের দাবদাহ উপেক্ষা করে সে আর হাটতে পারছে না। তাই সে একটা বড় গাছের নিচে কিছুক্ষণের জন্য বসে।

এমনসময় ত্রিগুণাচরণ ঘোষ নামের এক বাঙ্গালী ভদ্রলোক সেই রাস্তা দিয়ে যাচ্ছে। লোকটা ক্লান্তির কারণে গাছতলায় প্রফুল্লের পাশে গিয়ে বসে।

ত্রিগুণাচরণ: (নিজ থেকে) তোমাকে দেখে তো বাঙ্গালী বলে মনে হচ্ছে। কি গরম পড়ছে আজ, আর হাটতে পারছিলাম না।

প্রফুল্ল তখনো প্রচন্ড হাঁপাচ্ছে, সে কোন উত্তর দেয়না। লোকটা ভাল করে প্রফুল্লের দিকে তাকালে বুঝতে পারে, এ ছেলেটিও সেই বিপ্লবীদের একজন যে আগেরদিন রাতে ইংরেজদের গাড়িতে বোমা হামলা চালিয়েছে।

ত্রিগুণাচরণ: কাল যে বোমা হামলা হয়েছিল, তুমি কি কোন ভাবে এর সাথে জড়িত?

প্রফুল্ল ভয় পেয়ে যায়। সে তৎক্ষণাৎ উঠে দাঁড়িয়ে তার রিভলবার বের করে লোকটাকে তাক করে।

প্রফুল্ল: আপনি কি করে বুঝলেন? (ত্রিগুণাচরন বসা অবস্থা থেকে উঠতে গেলে) খবরদার, এক পা ও নড়বেন না, নইলে গুলি করতে বাধ্য হবো।

ত্রিগুণাচরণ: (মুচকি হেসে) আমাকে মৃত্যুর ভয় দেখাচ্ছো? ইংরেজদের দাসত্ব থেকে মৃত্যু ঢের ভাল। নিশ্চিন্ত থাকো আমি কোন পুলিশের লোক নই, সামান্য বেতনভুক্ত কর্মচারী।

এ কথা শুনে, প্রফুল্ল বুঝতে পারে লোকটার কাছ থেকে তার বিপদ হবার সম্ভাবনা নেই।

প্রফুল্ল: আপনি কি করে বুঝলেন আমি এ ঘটনার সাথে যুক্ত?

ত্রিগুণাচরণ: দেখো, কালকের বোমা হামলার খবর সারাদেশে ছড়িয়ে পড়েছে। বলাবলি হচ্ছে দু'জন বাঙ্গালী ছেলে নাকি এ ঘটনা ঘটিয়েছে। আর তোমাকে দেখে স্পষ্ট বোঝা যাচ্ছে, তুমি যে পালিয়ে বেড়াচ্ছ। পুলিশ তোমাদের হন্যে হয়ে খুঁজছে। তোমাদের ধরিয়ে দেবার জন্য এক হাজার রুপি পুরুস্কারও ঘোষণা করেছে। তাই এ মুহূর্ত্যে তোমার কোথাও যাওয়াটা ঠিক হবেনা। বরং আমার সাথে আমার বাড়ি চল।

প্রফুল্ল প্রথমে কিছুটা ইতঃস্তত বোধ করে। পরে লোকটার সাথে যেতে সম্মত হয়।

***

ত্রিগুণাচরণ প্রফুল্লকে তার বাড়ীতে নিয়ে আসার পর স্নান - খাওয়া দাওয়ার ব্যবস্থা করে দেয়। পরার জন্য নতুন জামা কাপড় দেয়। প্রফুল্লকে লোকটা বিশ্রাম নেওয়ার জন্য তার বাড়ীর একটা রুমও ছেড়ে দেয়।

সন্ধ্যা হয়ে আসছে। ত্রিগুণাচরণ ঘরের ভেতরে ঢুকে দেখতে পায় প্রফুল্ল সারাদিনের প্রচন্ড ক্লান্তির কারণে ঘুমিয়ে আছে।

ত্রিগুণাচরণ: (মনে মনে ভাবে) আহারে বেচারা সারদিনের ক্লান্তির কারণে ঘুমিয়ে পড়েছে। বোধ হয় এখন ওকে জাগিয়ে তোলাটা ঠিক হবে না।

এমন সময় প্রফুল্লের ঘুম ভেঙ্গে যায়।

প্রফুল্ল: কিছু বলবেন?

ত্রিগুণাচরণ: দীনেশ আমি তোমার ট্রেনের টিকিট কিনে এনেছি। আজ রাতের ট্রেনেই কলকাতার উদ্দেশ্যে রওয়ানা দিতে পারবে।

প্রফুল্ল: আপনাকে অসংখ্য ধন্যবাদ। আপনি আমার জন্য এত কিছু করলেন।

ত্রিগুণাচরণ: তোমরা দেশের জন্য এত কাজ করছো, আর আমরা তোমাদের জন্য

এতটুকুও কি করতে পারবো না?

***

ম্যাজিস্ট্র্যাট ক্ষুদিরামের স্বীকারোক্তিমূলক জবানবন্দি নিয়ে চলে যায়। পুলিশ কনষ্টেবল ক্ষুদিরামের হাতের বাঁধন খুলে দেয়।

পুলিশ কর্মকর্তা: (কনষ্টেবলদের উদ্দেশ্যে) তোমরা ছেলেটাকে নিয়ে যাও। আমাদের স্টেটম্যান্ট নেওয়া শেষ।

পুলিশ কর্মকর্তা তার টেবিলে হেলান দিয়ে বসে, একটা সিগারেট ধরিয়ে ফুঁকতে ফুঁকতে থাকে। ক্ষুদিরাম হাঁটতে পারছে না। তাকে কনষ্টেবলরা হাতে ধরে সেখান থেকে নিয়ে যায়।

***

ত্রিগুণাচরণ প্রফুল্লকে ষ্টেশনে পৌছে দেন। প্রফুল্ল তার কাছ থেকে হাসি মুখে বিদায় নিয়ে ট্রেনে উঠে জানলার পাশের একটা সিটে গিয়ে বসে। তার পাশের কয়েকজন লোক আগেরদিনের বোমা হামলার ঘটনা নিয়ে আলোচনা করছে।

প্রফুল্ল চুপচাপ জানলার বাইরের দিকে তাকিয়ে আছে। লোকগুলির মধ্যে পুলিশ ইন্সপেক্টর নন্দলাল বন্দোপাধ্যায়ও ছদ্মবেশে রয়েছে। নন্দলালের প্রথম থেকেই প্রফুল্ল কে একটু সন্দেহ হচ্ছে।

ট্রেনের সহযাত্রী ১: শুনাহে কাল দু'বাংগালী লাড়কানে কিংসফোর্ড সাব পর এক জানলেবা বোমা হামলা কিয়া হ্যায়।

নন্দলাল: (মুচকি হেসে) এ সচ হ্যায় বো লোগ কিংসফোর্ড সাবকো মারনে কি কৌশিস কিয়া থা, কিংসফোর্ড সাবতো বাল বাল বাচ গেয়া পর গলতি সে উন লোগনে দু' মেম সাহিবাকো মার ডালা হে।

কিংসফোর্ড মরেনি শুনে প্রফুল্ল একটু চমকে উঠে। সে নিজেকে সংযত রাখতে পারে না।

প্রফুল্ল: (অবাক হয়ে) ক্যায়া কিংসফোর্ড সাব আবভি জিন্দা হ্যায়?

নন্দলাল: (সন্দেহ বেড়ে যায়) হ্যা, কেয়া তুমে মালুম নেহি থা?

প্রফুল্ল: নেহি।

এমন সময় ষ্টেশন এসে পড়ায় অন্য সহযাত্রীরা নেমে যায়। নন্দলাল ইচ্ছে করে তার সাথে ভাব জমানোর চেষ্টা করে।

নন্দলাল: মনে হচ্ছে তুমিও বাংগালী।

প্রফুল্ল: হ্যা, আপনিও কি বাঙ্গালী?

নন্দলাল: হুমম... তা ভাই কোথা থেকে আসছো?

প্রফুল্ল: (কিছুটা আমতা আমতা করে) এইতো সমাস্তিপুরের এদিক থেকে।

নন্দলাল: ও আচ্ছা... তো এখন কো থায় যাবে?

প্রফুল্ল: এইতো হাওড়ায়।

নন্দলাল: দেখ দেখি কান্ড, আরে আমিও তো সেখানেই যাচ্ছি। সারা রাস্তা দু'জনে খুব আড্ডা মারতে মারতে চলে যেতে পারবো। তা তোমার নামটাই তো জানা হলো না।

প্রফুল্লকে তার আগে আরেকজন বাঙ্গালী লোক সাহার্য্য করেছে তাই নন্দলালকে সে সরল মনে বিশ্বাস করে নেয়।

প্রফুল্ল: জ্বী, দীনেশ রায়। আপনার নাম?

নন্দলাল: আমি নন্দলাল বন্দোপাধ্যায়। আচ্ছা, বুঝলাম না কিংসফোর্ডের সাথে ওদের এত শত্রুতা কিসের? শুনেছি উনি তো খুবই নিরীহ লোক।

প্রফুল্ল: হাসালেন... কিংসফোর্ড কোন নিরীহ লোক নয়। ওর মত বর্বর, নির্মম লোক খুব কমই আছে। আপনি কি জানেন না যে কলেজ ছাত্র সুশীলকে ওর নির্দেশে পুলিশ কতটা নির্মমভাবে প্রহার করেছে।

নন্দলাল: তাই নাকি?

প্রফুল্ল: হ্যা।

নন্দলাল পুরোপুরি নিশ্চিত হয়ে যায় এ ছেলেটি বোমা হামলার ঘটনার সাথে যুক্ত। এমন সময় ট্রেন শিমুরাই ষ্টেশনে এসে থামলে প্রফুল্ল জল খেতে নামে। নন্দলাল সেই সুযোগে পুলিশকে টেলিগ্রাম করে সব জানিয়ে দেয়।

প্রফুল্ল আর নন্দলাল আবার ট্রেনে উঠে আড্ডায় মেতে উঠে। কিছুক্ষণের মধ্যেই তারা মোকামঘাট ষ্টেশনে এসে পৌছে। দু'জনই একসঙ্গে ট্রেন থেকে নেমে আসে।

নন্দলাল: ভাই দীনেশ, আমরাতো মোকাম ঘাট পৌছে গেলাম। তুমি আমার ব্যাগটা একটু দেখে রেখ। আমি ছোট্ট একটা কাজ সেড়ে আসছি। তারপর দু'জনে এক সঙ্গেই স্টীমারে উঠবো।

প্রফুল্ল: ঠিক আছে, একটু তারাতারি আসবেন।

নন্দলাল: হ্যা, বেশি দেরী করবো না, এই যাবো আর আসবো।

প্রফুল্ল অধীর আগ্রহে বসে থেকে নন্দলালের ফিরে আসার অপেক্ষা করছে। এমন সময় নন্দলালকে আসতে দেখে সে খুশি হয়ে বসা অবস্থা থেকে উঠে দাঁড়ায়। কিন্তু নন্দলাল কয়েক কদম সামনে এগিয়ে এলে প্রফুল্ল নন্দলালের পেছনে কয়েকজন পুলিশ সদস্যকে দেখতে পায়।

তারা সবাই ওর দিকেই ধেয়ে আসছে। নন্দলালের সাথে পুলিশকে আসতে দেখে প্রফুল্ল ব্যাপারটি বুঝে ফেলে, তার মানে নন্দলাল তার সাথে বিশ্বাসঘাতকতা করেছে। সে সাথে সাথে রিভলবার বের করে নন্দলালকে মারার উদ্দেশ্যে এলোপাথারি কয়েক রাউন্ড গুলি ছোঁড়ে। কিন্তু নন্দলাল কৌশলে বেঁচে যায়।

প্রফুল্ল: (নিজে নিজে ভাবে) তোদের হাতে ধরা পড়ে মরার চেয়ে, নিজের হাতেই নিজেকে শেষ করে ফেলতে চাই।

এই কথা ভেবে প্রফুল্ল হাসতে হাসতে 'বন্দেমাতরম' বলে রিভলবারের ট্রিগারটিতে চাপ দেয়। নন্দলাল আর তার পুলিশ বাহিনী তাকে ধরার আগেই সে নিচে লুটিয়ে পড়ে। পুলিশ তার লাশ গাড়িতে তুলে মজফঃরপুরের উদ্দেশ্যে নিয়ে যায়।

***

ক্ষুদিরামকে প্রফুল্লের লাশ ও তার কাছে পাওয়া রিভলবার সহ বিভিন্ন আলামত শনাক্ত করার জন্য নিয়ে আসা হয়। ক্ষুদিরাম প্রফুল্লের লাশ দেখে হতবাক হয়ে পড়ে। সে প্রফুল্লের লাশকে জড়িয়ে ধরে কাদতে থাকে।

14

অরবিন্দ ঘোষ ঘরের এ পাশ থেকে ও পাশে অস্থির হয়ে ছুটোছুটি করছে। এমন সময় ঘরে একটা পত্রিকা হাতে তার ছোট ভাই বারিন্দ্র ঘোষ প্রবেশ করে।

বারিন্দ্র: সেজদা, সর্বনাশ হয়েছে?

অরবিন্দ: মুজাফঃরপুরের কোন খবর পেলি?

বারিন্দ্র: হ্যা, খবর মোটেই ভাল নয়। কিংসফোর্ড এ যাত্রায়ও বেঁচে গেছে। পত্রিকায় লিখেছে বোমা হামলায় দু'জন ইংরেজ মহিলা মারা গেছে। বোমা হামলাকারীর একজনকে পুলিশ নাকি গ্রেফতারও করেছে।
(পত্রিকাটি অরবিন্দের হাতে দিয়ে) আরো খবর আছে যে, পুলিশ নাকি জানে এ বোমা হামলার ঘটনায় কারা কারা সম্পৃক্ত ছিল। তাদের সবাইকেও নাকি খুব শীঘ্রই গ্রেফতার করা হবে।

অরবিন্দ ঘোষ এ কথা শুনে চিন্তিত হয়ে পড়ে। অরবিন্দ পত্রিকার খবরটি পড়তে শুরু করে।

***

ক্ষুদিরাম ধরা পড়ার পর পুলিশ তল্লাশী করতে অমৃতের মেদিনীপুরের বাড়িতে আসে। অমৃত চেয়ারে বসে খবরের কাগজে চোখ বুলাচ্ছে আর মাঝে মাঝে পাশের টেবিলে রাখা চায়ের কাপে চুমুক দিচ্ছে। এমনসময় পুলিশ তাদের বাড়ির দরজায় জোড়ে জোড়ে ধাক্কা দিতে থাকে। অমৃত কিছুটা ঘাবড়ে যায়।

পাশের ঘর থেকে অপরুপা আসে দরজা খোলার জন্য। কিন্তু অমৃত তাকে হাত দিয়ে ঈশারা করে বাধা দিয়ে সাহস করে দরজা খুলতে এগিয়ে যায়। দরজা খুলতেই কয়েকজন

পুলিশ অমৃতকে ঠেলে ঘরের ভিতর ঢুকে পড়ে।

অমৃত: (অবাক হয়ে) কি ব্যপার? আপনারা এভাবে আমার বাড়িতে ঢুকে পড়লেন কেন?

জনৈক পুলিশ কর্মকর্তা: আমাদের কাছে Search Warrant আছে। (সংগীদের উদ্দেশ্যে) সবগুলি ঘরে তল্লাশি করে দেখ।

অমৃত: কিন্তু কি কারণে? আমিও তো সরকারী চাকুরীতে আছি। আপনারা কোন ভুল করছেন না তো?

জনৈক পুলিশ কর্মকর্তা: ক্ষুদিরাম বোস তো এ বাড়িতেই থাকতো তাই না?

অমৃত: হ্যা...

জনৈক পুলিশ কর্মকর্তা: সে আপনার কি হয়?

অমৃত: সে সম্পর্কে আমার শ্যালক হয়। কিন্তু সে কি করেছে?

জনৈক পুলিশ কর্মকর্তা: কেন মুজাফফরবাদে যে বোমা হামলা হয়েছে, তার খবর শুনেন নি? বোমা হামলার পর হামলাকারী সন্দেহে পুলিশ ক্ষুদিরামকে গ্রেফতার করেছে।

অপরুপা: ক্ষুদি বোমা হামলা করেছে? পুলিশের হাতে ধরা পড়েছে?

জনৈক পুলিশ কর্মকর্তা: হ্যা... আজ সকালের দিকে পুলিশ তাকে পুসা রোড থেকে গ্রেফতার করে।

অমৃত ও অপরূপা এতক্ষণে বুঝতে পারে যে ক্ষুদিরাম আগেরদিন রাতের বোমা হামলার ঘটনার সাথে জড়িত।

***

পাশের বাড়ি থেকে কুসুমকুমারী অমৃত ও অপরূপাদের বাড়িতে পুলিশ আসতে দেখে দুঃশ্চিন্তাগ্রস্ত হয়ে পড়ে। কুসুম কুমারী তাদের বাড়ীতে এসে জানলার পাশ থেকে উকি মেরে ব্যপারটি বুঝবার চেষ্টা করে। সে জানে ক্ষুদিরামের টেবিলের ড্রয়ারে একটি রিভলবার রাখা আছে।

কুসুমকুমারী: (মনে মনে ভাবে) সর্বনাশ! ক্ষুদির টেবিলের ড্রয়ারে একটি রিভলবার আছে। ক্ষুদি আমাকে একবার দেখিয়েছিল। যদি পুলিশ সেটা পেয়ে যায় তবে অমৃত দা আর অপরূপা দি ও ফেঁসে যেতে পারে।

কুসুম কুমারি সঙ্গে সঙ্গে মাথায় একটা বুদ্ধি বের করে। সে তার বাড়ি থেকে একটা জল ভর্তি কলস কোমড়ে/কাঁখে অপরূপাদের বাড়িতে প্রবেশ করে। পুলিশ তখনো অন্য ঘরগুলিতে তল্লাশি করছে, ক্ষুদিরামের ঘরে গিয়ে তল্লাশি শুরু করেনি।

কুসুমকুমারী অমৃতকে ঈশারা করে যেন পুলিশ কর্মকর্তাকে অন্যদিকে ব্যস্ত রাখে। অমৃত এর পেছনে কোন কারণ আছে বুঝতে পেরে কথাবার্তার মাধ্যমে পুলিশ কর্মকর্তাকে অন্যদিকে ব্যস্ত রাখার চেষ্টা করে। আর অপরূপাও ঈশারা পেয়ে অন্য পুলিশদের উপর নজর রাখতে শুরু করে।

সেই সুযোগে কুসুম কুমারী ক্ষুদিরামের ঘরে ঢুকে তারাতারি রিভলবারটি নিয়ে নেয়। তারপর রিভলবারটিকে সে কলসীর জলের ভিতরে লুকিয়ে ফেলে।

কুসুম কুমারী ধীরে ধীরে সে ঘর থেকে বেড়িয়ে আসে, তারপর নিজের বাড়ির দিকে রওয়ানা দেয়। কিন্তু দরজা পার করার আগেই সে পুলিশ কর্মকর্তার চোখে পড়ে যায়।

জনৈক পুলিশ কর্মকর্তা: কে আপনি? আপনি কলসী কাখে নিয়ে কোথায় যাচ্ছেন?

কুসুমকুমারী: ওদের পাশের বাড়ীটা আমার। কলসীতে জল ভরে এদিক দিয়ে যাচ্ছিলাম। হঠাৎ আপনাদের দেখে এখানে কি হচ্ছে তা দেখতে এলাম।

জনৈক পুলিশ কর্মকর্তা: ও আচ্ছা।

কুসুমকুমারী: দাদা, আমার একটু কাজ আছে। বেশিক্ষণ ভারী কলসী কাঁখে নিয়ে দাঁড়িয়ে থাকতে পারবো না। আমি যাই।

জনৈক পুলিশ কর্মকর্তা: হ্যা... ঠিক আছে যান।

কুসুম কুমারী কৌশলে কলসীতে লুকিয়ে রিভলবারটি নিয়ে সড়ে পড়ে। পুলিশ সব ঘরে তল্লাশী চালিয়ে তেমন বিশেষ কিছু না পেয়ে নিরাশ হয়ে ফিরে যায়।

পুলিশ অরবিন্দ ঘোষের বাড়িতে এসে অরবিন্দ ঘোষ ও বারিন্দ্র ঘোষকে গ্রেফতার করে।

পুলিশ বিপ্লবীদের ক্লাব ঘর থেকে শুরু করে বিভিন্ন জায়গা থেকে সত্যেন বসু সহ আরো অনেক বিপ্লবীকে গ্রেফতার করে।

***

দায়রা জজ 'মিঃ কনডফ' এর অধীনে ক্ষুদিরামের বিচার কাজ শুরু করা হয়। ক্ষুদিরাম আদালতের কাঠগড়ায় দাঁড়িয়ে থাকে। সরকার পক্ষের উকিল "মিঃ ম্যানুক" ও বিনোদবিহারী মজুমদার। ক্ষুদিরামের পক্ষে মামলা পরিচালনা শুরু করেন কালিদাস বসু, উপেন্দ্রনাথ সেন ও ক্ষেত্রনাথ বন্দোপাধ্যায়।

শুরু হয় এক এক করে সাক্ষ্য গ্রহন--- কিংসফোর্ডের বাড়ির সামনের গেইটের দু'জন প্রহরী, গাড়ি চালক, ধর্মশালার চাকর। স্ক্রীনে সবাইকে শুধু সাক্ষ্য দেবার ভঙ্গিমায় দেখা যাবে। তাদের কোন কথা শোনা যাবে না।

***

আদালতের কাঠগড়ায় দাঁড়িয়ে ক্ষুদিরাম তার রায় শোনার জন্য অপেক্ষায় আছে। সে অনেকটা নিশ্চিত ভাবে জানে যে তার কি রায় হতে চলেছে। বিচারক রায় পড়া শুরু করে।

বিচারক: For the charge of murdering two British citizens Mrs. Kennedy and Miss Kennedy by an exclusive bomb attack, the accused Khudiram Bose has been found guilty, convicted and sentenced to eath under Section 302, Indian Penal Code. To be hanged till death.

ক্ষুদিরাম নিজের মৃত্যুর আদেশ শুনে একটুও বিচলিত হয়নি, বরং উলটো হাসতে থাকে। বিচারক অবাক হয়ে ক্ষুদিরামের মুখের দিকে তাকায়।

ক্ষুদিরাম: (মনে মনে ভাবে) আমার কোন আফসোস নেই যে আমি আজ এখানে এমন অবস্থায় দাঁড়িয়ে আছি, আমার আফসোস শুধু তোমরা কেন আজো ওখানে সাহেব সেজে বসে আছো?

বিচারক: (ক্ষুদিরামের উদ্দেশ্যে) Have you anything to say?

ক্ষুদিরাম: (হাসতে হাসতে) হ্যা, আমাকে যদি একটু সময় দেয়া হতো তবে বোমা কিভাবে তৈরি করা হয় তা নিয়ে আলোচনা করতাম...

ক্ষুদিরামের এরকম কথা শুনে বিচারক থেকে শুরু করে সবাই অবাক হয়ে যায়। বিচারক চলে যাওয়ার পর আদালতে উপস্থিত একজন ইংরেজ সাহেব একটি বাংগালী ছেলেকে দেখে মুচকি হাসি দেয়।

জনৈক ইংরেজ: তুমি কি বাঙ্গালী?

জনৈক ছেলে: হ্যা।

জনৈক ইংরেজ: Then follow the footstep of your brother.

ছেলেটাকে এই বলে ইংরেজ সাহেব চলে যায়। ছেলেটা একজন ইংরেজের মুখে এ কথা শুনে অবাক হয়ে ফেল ফেল করে ইংরেজ সাহেবের দিকে তাকিয়ে থাকে।

15

ক্ষুদিরামের সাথে তার উকিলরা আপিল করার ব্যপারে আলাপ করতে এসেছে। ক্ষুদিরাম আপিল করতে মোটেও সম্মত নয়।

ক্ষুদিরাম: আমি আপিল করতে চাইনা।

কালিদাস বসু: আমাদের হাতে আপিল করার জন্য মাত্র এক সপ্তাহ সময় আছে।

ক্ষুদিরাম: কালি দা, আদালতের রায় কি হবে সেটা তো আমরা জানি। তাই আপিল করে কি লাভ?

উপেন্দ্রনাথ সেন: দেখ ক্ষুদিরাম, তোমার মত একজন তরুণ বিপ্লবীর এভাবে মৃত্যু হতে পারেনা। এদেশের জন্য তোমার বেঁচে থাকার অনেক প্রয়োজন আছে।

কালিদাস বসু: হ্যা উপেন্দ্র ঠিক বলেছে। যদি মৃত্যদন্ডের বদলে তোমার যাবজ্জীবন শাস্তিও হয়, তবুও এ দেশে যেকোন সময় এমন কিছু ঘটতে পারে যে তুমি ছাড়া পেয়ে আবার দেশের কাজে লাগতে পারবে।

উপেন্দ্রনাথ সেন: হুমম... তাছাড়া দীনেশ তো আর বেঁচে নেই। কোনভাবে যদি প্রমাণ করা যায়, এ ঘটনার সাথে তোমার কোন সম্পৃক্ততা নেই তাহলে আপিলের রায় আমাদের অনুকুলেই যাবে। একটু ভেবে দেখ, আমরা তোমাকে এভাবে মরতে দিতে পারিনা।

ক্ষুদিরাম অনেক ভেবে শেষমেশ আপিল আবেদনের জন্য সম্মতি দেয়।

কলকাতা হাইকোর্ট - দিন

আদালতের কাঠগড়ায় দাঁড়িয়ে ক্ষুদিরাম ও তার আইনজীবিরা আপিল আবেদনের রায় শোনার জন্য অপেক্ষায় আছে। বিচারকরা রায় পড়া শুরু
করে। আদালতের সবাই মনযোগ দিয়ে রায় শুনছে।

বিচারক: The appellant Khudiram Bose was placed on trial before the Sessions Judge of Mozufferpur. Charged under Section 302 IPC, with having committed murder by causing
the deaths of Mrs. Kennedy and Miss Kennedy by means pi an explosive bomb on the 30th April 1908 or in the alternative with having abetted the commission of the murders by Dinesh Chunder Roy or some person or persons unknown. The appellant pleaded guilty to the charge of murder. The Sessions Judge recorded the plea but decided to hear the evidence and to try the appellant.

ক্ষুদিরাম বুঝলো তার আপিল আবেদন খারিজ হয়ে যাবে আর তার মৃত্যু দন্ডাদেশ পূনর্বহাল হতে যাচ্ছে। সে হাসিমুখে নিজেকে মানসিকভাবে প্রস্তুত করে নেয়।

বিচারক: He also asked a pleader to assist the accused in his defense. The trial was with the aid of assessors both of whom unanimously found the appellant guilty of murder. The Sessions Judge agreeing with the opinion of the assessors convicted the appellant of the offense charged and sentenced him to death under Section 302 IPC.

কয়েক মুহুত্যের জন্য ক্ষুদিরাম ভুলে যায় যে সে তখন কাঠগড়ায় দাঁড়িয়ে আছে। নিজেকে মনের গভীরে হারিয়ে ফেলে, সে তার শৈশব আর কৈশোরের কিছু স্মৃতি রোমন্থন করতে থাকে।

সে বুঝতে পারে তার হাতে আর বেশিদিন নেই, এ জন্মভুমির কোল ছেড়ে তাকে এবার যেতে হবে। ধীরে ধীরে আবার বিচারকের রায় তার কানে ভেসে আসতে থাকে।

বিচারক: We can find in the case no extenuating circumstance which would in law justify our interference with the extreme sentence which has been passed on the accused by the Sessions Judge. We, therefore, confirm the conviction and sentence and dismiss the appeal.

***

ক্ষুদিরামের একজন ঘনিষ্ঠ ব্যক্তি সাংবাদিক ও আইনজীবী উপেন্দ্রনাথ সেন ক্ষুদিরামের সাথে দেখা করতে এসেছে। ক্ষুদিরাম তার সাথে কথা বলছে। ক্ষুদিরামের চোখের নিচে কালি পড়ে আছে, দেখেই বুঝা যায় সে অনেক রাত ধরে ঘুমায়নি।

এমন সময় সেখানে ইংরেজ জেলার সাহেব 'মিঃ উডম্যানের' নির্দেশ নিয়ে আসে এক জেলরক্ষী। উপেন্দ্রনাথ তার হাত থেকে সেটি নিয়ে পড়তে থাকে।

উপেন্দ্রনাথ: ক্ষুদি, জেলার সাহেব মিঃ উডম্যান জানিয়েছেন যে উপর থেকে তার উপর নির্দেশ দেয়া হয়েছে যেন ১১ আগষ্টের মধ্যে তোমার ফাঁসি কার্যকর করা হয়। তিনি তোমার কোন শেষ ইচ্ছা থাকলে তা জানাতে বলেছেন?

ক্ষুদিরাম: শেষ ইচ্ছা? হ্যা... আমি আমার বড়দি'র সংগে একবার দেখা করতে চাই।

উপেন্দ্রনাথ: ঠিক আছে, আমি [illegible] জামাইবাবু'র কাছে এ খবর পৌঁছে দেবো।

***

ক্ষুদিরামের বড় বোন অপরুপা ও ভগ্নীপতি অমিত পাশাপাশি ঘুমিয়ে আছে। সে ঘুমের মধ্যে স্বপ্ন দেখে ক্ষুদিরামকে জেলরক্ষীরা ধীরে ধীরে ফাঁসির মঞ্চের দিকে নিয়ে যায়। ক্ষুদিরাম ফাঁসির দড়ির সামনে দাড়িয়ে আছে। তারপর সবকিছু যেন অস্পষ্ট হয়ে যায়।

সে হঠাৎ চিৎকার করে ঘুম থেকে লাফিয়ে উঠে। তার চিৎকার শুনে অমিত ঘুম থেকে জেগে উঠে।

অমৃত: কি গো, কি হলো আবার? কোন দুঃস্বপ্ন দেখলে নাকি?

অপরুপা: (কান্নাসহ) ওরা আমার ক্ষুদিকে ফাঁসির মঞ্চের দিকে নিয়ে গেল। ওরা তাকে ফাঁসিতে ঝুলিয়ে দেবে।

অমৃত: শান্ত হও... তুমি স্বপ্ন দেখেছো...

অপরুপা: (স্বামীকে জড়িয়ে ধরে কাতর ভাবে) তুমি শুধু একটি বার তার সাথে আমার

দেখা করার ব্যবস্থা করে দাও।

অমৃত: ঠিক আছে, আমি কাল দপ্তরে গিয়ে ছুটি চেয়ে আবেদন করবো।

পরদিন সকাল। অমৃত অফিসে যাবে, ঠিক এমন সময় একজন পিয়ন এসে তাকে একটা চিঠি দিয়ে যায়। অমৃত চিঠিটা মুজাফফরপুর থেকে এসেছে দেখে বুঝতে পারে নিশ্চয় ক্ষুদিরামের বিষয়ে কোন খবর আছে। অপরূপা ও সেখানে এসে উপস্থিত হয়। সে অমৃতের হাতে চিঠি দেখে অবাক হয়।

অপরূপা: (বিচলিত হয়ে) কার চিঠি গো? কোথা থেকে এসেছে?

অমৃত: মুজাফফরপুর থেকে এসেছে। মনে হচ্ছে আমাদের ক্ষুদির বিষয়ে কোন খবর আছে। দাঁড়াও পড়ে দেখছি।

অপরূপা: (কৌতুহল থেকে) হ্যা, তারাতারি পড়ে দেখতো, কি লিখেছে?

অমৃত: হ্যা, দেখছি।

অমৃত তারাতারি চিঠিটা খামের ভেতর থেকে বের করে মনে মনে বিড় বিড় করে পড়তে থাকে।

অপরূপা: কি লিখেছে?

অমৃত: এ মাসের ১১ তারিখের মধ্যে ক্ষুদি'র ফাঁসি কার্যকর করা হবে। আর মাত্র কয়েকদিন বাকি রয়েছে। তার শেষ ইচ্ছা তুমি যেন তার সাথে একবারটি দেখা করো।

অপরূপা: (কাঁদতে কাঁদতে) আমিও তার সাথে দেখা করতে চাই। আমি কি তার এই শেষ ইচ্ছাটা রাখতে পারবো না?

অমৃত: আমি আজই ছুটি চেয়ে আবেদন করবো। নিশ্চয়ই তুমি তার সাথে দেখা করতে পারবে।

অমৃত চিঠিটা টেবিলের উপর রেখে অফিসে চলে যায়। অপরূপা তখনো কাঁদছে। এমনসময় ললিত সেখানে উপস্থিত। সে টেবিলের উপর ফেলে রাখা চিঠিটাতে চোখ

বুলায়।

ললিত: মা, মামার সাথে দেখা করতে যাবে না?

অপরূপা: হ্যা... তোর বাবা তো বলেছে আজ ছুটির জন্য দরখাস্ত দেবে।

ললিত: আমারও মামাকে দেখার খুব ইচ্ছে হচ্ছে।

***

অপরূপা অস্থিরভাবে অমৃতের অফিস থেকে ফেরার অপেক্ষা করছে। অফিস ছুটির শেষে অমৃত বাড়ী এসেছে। অমৃত তার মন খারাপ করে আছে।

অপরূপা: (ব্যাকুল হয়ে) ছুটি পেলে তো? কাল কি আমরা ওকে দেখতে যেতে পারবো?

অমৃত: (ভারী চাপা সুরে) না গো... ছুটি দেয়নি। ব্রিটিশ সরকারের অধীনে চাকুরী... বুঝতেই পারো কেন দেয়নি। ওদের চোখে ক্ষুদি বিপ্লবী নয়, একজন দেশদ্রোহী। আমার ছুটি নেয়ার কারণ জানতে পেরে ছুটিতো দেয়নি বরং চাকুরী থেকে বরখাস্তের হুমকি দিয়েছে।

অপরূপা: (প্রচন্ড অভিমানে) ছুটি পাওনি? তাহলে ক্ষুদিকে শেষ বারের মতও একবার দেখতে পাবো না। ওরা এত নিঠুর, এত পাষাণ? কেন তুমি ওদের চাকুরী করো?

(ক্ষুদিরামের উদ্দেশ্যে) ক্ষুদি... ভাই... তুই আমাকে ক্ষমা করে দিস। তোর এ দিদি এতই অভাগা যে তোর এ শেষ আবদারটুকুও রাখতে পারছে না।

অপরূপা কাঁদতে কাঁদতে অন্যঘরে চলে যায়। অমৃতেরও মন খারাপ, কিন্তু ব্রিটিশ রাজের রোষানলে পড়বার ভয়ে সে ক্ষুদিরামের সাথে দেখা করার ঝুঁকি নিতে পারছে না।

অমৃত: (নিজে নিজে ভাবে) আমায় ক্ষমা করে দিয়ো অপরূপা। আমি বুঝতে পারছি তোমার মনের অবস্থাটা কী? আমি তোমার আবদারটুকু রাখতে পারিনি। ক্ষুদি তো আমার কাছেও ছেলের মতই ছিল... সেই ছোট থেকে আমাদের সাথে ছিল। তার প্রতি আমারও কম মায়া নেই। কিন্তু ওকে তো আর ফাঁসির হাত থেকে বাঁচাতে পারবো না। কিন্তু একবার নির্দয় ব্রিটিশ রাজের রোষে পড়লে আমাদের কোন নিস্তার থাকবে না।

***

ক্ষুদিরামের শেষ ইচ্ছে তার দিদি অপরূপাকে জীবনে শেষবারের মত একবার দেখা। সরকার যেকোন সময় তার ফাঁসি কার্যকর করে ফেলতে পারে। তাই বিদায়ের বেলা দিদিকে সে অন্তত একটি বারের জন্য দেখতে চেয়েছে।

***

16

দিদি অপরূপা ক্ষুদিরামকে দেখতে আসতে পারেনি। দিদি, জামাই বাবু, ললিত সবার মুখ ক্ষুদিরামের চোখে ভেসে উঠে। বার বার তার মনে হচ্ছে দিদির সাথে যদি তার এ বিদায়ের বেলাতে একটি বারের জন্য দেখা হতো। সে কারাগারে মন খারাপ করে বসে আছে।

ক্ষুদিরাম: (নিজে নিজে ভাবে) দিদি, তুই কি আমার এ শেষ সময়ে এক বার এসেও দেখা করে যাবি না? নাকি কোনদিন তোর কথা শুনিনি বলে অভিমান করেই থাকবি?

দিদির কথা ভেবে ভেবে ক্ষুদিরামের চোখে জল চলে আসে, সে কারাগার কক্ষে বসে নিচের দিকে তাকিয়ে দিদির জন্য কাঁদতে থাকে।

এমন সময় কারাগার কক্ষে তার চোখের সামনে একটা মহিলা মানুষের ছায়া পড়ে। ছায়া দেখে সে তার দিদির মত কারো উপস্থিতি টের পেয়ে উঠে দাঁড়ায়।

ক্ষুদিরাম: দিদি তুই এসেছিস?

মুসলিম বোন: আমি তোর দিদি নই... আরেক বোন, যাকে তুই একদিন আপা বলে ডেকেছিলি।

যে মহিলা তার সঙ্গে দেখা করতে মুজাফফরপুরের এ কারাগারে ছুটে এসেছেন, তিনি তার দিদি অপরূপা নন। তিনি তার মুসলমান বোন। ক্ষুদিরাম অবাক হয়। এক মায়ের পেটের বোন যার কাছে সে মায়ের
স্নেহে মানুষ হয়েছে, সে যখন মৃত্যুপথযাত্রী তখন সেই বোন তাকে দেখতে একটি বারও আসেনি।

অথচ এক মহিলা যার সাথে না তার কোন রক্তের সম্পর্ক আছে, না সে তার জাত বা

ধর্মের - তবুও বোরখা পরে পাতানো ভাইকে একপলক দেখতে ছুটে এসেছে। মহিলা ক্ষুদিরামের অবস্থা দেখে কাঁদতে থাকে।

ক্ষুদিরাম: কেঁদো না বোন কেঁদোনা, আমি তো চিরজন্মের জন্য বিদায় নিচ্ছি না। আমি তো আমার মায়ের কোলে আবারও ফিরে আসবো। আমাকে যতবারই মারা হোক না কেন, বেহায়ার মত আমি বারবার ফিরে আসবোই।আমার মায়ের স্নেহের ক্ষুধা যে কখনো মিটবে না।

মুসলিম বোন: তুমি সত্যিই একজন বীর... তোমার এ আত্মত্যাগ কখনোই বৃথা যাবে না।

ক্ষুদিরাম শুধু একটা মুচকি হাসি দেয়।

কারাগার(ভোর ৫ টা)।রাতের সমস্ত নীরবতা কাটিয়ে ভোর হয়ে আসছে। কারাগারের দিকে প্রহরীদের পদধ্বনি সেই নীরবতাকে আরো ভেঙ্গে দেয়। ধীরে ধীরে সে পদধ্বনি একটি কারাগার কক্ষের কাছে এসে থেমে যায়।যখন প্রহরীরা দরজা খুলে, নিচে বসে থাকা অবস্থায় ক্ষুদিরাম হাসিমুখে তাদের অভিবাদন জানায়।

ক্ষুদিরাম: (নিজের হাতে থাকা গীতা গ্রন্থটিকে প্রণাম করে) আমি জানতাম আমার সময় হয়ে গেছে... আমি প্রস্তুত, তাই চলুন।

ক্ষুদিরাম কারাগার কক্ষের বাইরে বের হয়ে আসে, নিজেই নিজের দু'হাত বাড়িয়ে দেয়। প্রহরীরা ক্ষুদিরামকে হাতকড়া পড়িয়ে ফাঁসির মঞ্চের উদ্দেশ্যে রওয়ানা দেয়। চারজন প্রহরী তাকে সতর্ক পাহাড়ায়
সেখানে নিয়ে যায়।

সে এক মুহুর্ত্যের জন্যও মৃত্যুভয়ে বিচলিত হয়নি। যেন সে হাসিমুখে তার দেশ মাতৃকার কাছ থেকে বিদায় নিচ্ছে, আবারো ফিরে আসার অঙ্গীকার নিয়ে।

***

১৯ আগষ্ট, ১৯০৮। আইনজীবী উপেন্দ্রনাথ সেন ক্ষুদিরামের মৃত্যুর পর তার মৃতদেহের সৎকার করতে কাপড় আর যা যা প্রয়োজন তা সহ একটা গাড়ী নিয়ে সেখানে হাজির হয়েছে।

ক্ষুদিরামের ফাঁসি দেওয়ার খবর শুনে তরুণ ছাত্র – জনতা প্রতিবাদে ফেটে পড়ে। সবাই রাস্তায় বেড়িয়ে পড়ে। হাজারো জনতা ভোর থেকে ভীড় করতে থাকে জেলখানার সামনে। সবাই ফুল, মালা নিয়ে
মৃত্যুপথযাত্রী বীর ক্ষুদিরামের অপেক্ষা করতে থাকে।

***

ক্ষুদিরামকে ফাঁসির মঞ্চের সামনে নিয়ে আসা হয়েছে। কিন্তু তখনো তার মুখে কোন দুঃখ বা ভয়ের কোন ছাপ নেই। তারপর সে হাসতে হাসতে ফাঁসির মঞ্চের দিকে এগিয়ে যায়। ফাঁসির কাঠে ঝুলানো দড়ির
সম্মুখে দাঁড়িয়েও তার মুখের হাসি এতটুকুও মলিন হয়নি।

ইংরজ জেলার সাহেবের ঈশারায় প্রহরীদের একজন তার হাত পেছন থেকে বেধে দেয়। জীবনে শেষ বারের মত 'বন্দে মাতরাম' শব্দটি তার মুখে ধ্বনিত হয়। উপস্থিত কয়েকজনের চোখ অশ্রু সজল হয়ে উঠে।

প্রহরী যখন তার মুখে কাল কাপড় পড়িয়ে দেয় তখনো তার মুখ হাস্যোজ্জল থাকে, কিছুক্ষণের মধ্যেই জেলারের নির্দেশে জল্লাদ তার ফাঁসি কার্যকর করে।

***

ক্ষুদিরামের ফাঁসি দেওয়ার পর, তার মৃতদেহ জেলখানার বাইরে নিয়ে আসা হয়। জনতা ভীড় করে রাখে। ধীরে ধীরে তার মৃতদেহ উপেন্দ্রনাথের আনা গাড়ীর দিকে নিয়ে যাওয়া হয়। জনতা অপরিসীম
শ্রদ্ধা আর ভালবাসা সহ তার মৃতদেহকে ফুল আর ফুলের মালা দিয়ে সাজিয়ে দিতে থাকে।

সবার চোখে কান্না, সবার কন্ঠে শুধু তখন এক ধ্বনি 'বন্দে মাতরাম' উচ্চারিত হতে থাকে।

www.ingramcontent.com/pod-product-compliance
Lightning Source LLC
LaVergne TN
LVHW010831051026
849532LV00007B/2669
* 9 7 9 8 8 8 9 2 3 1 8 5 1 *